「這雖然是遊戲，
但可不是鬧著玩的。」

──「SAO刀劍神域」設計者・茅場晶彥──

SWORD ART ONLINE
Aincrad

REKI KAWAHARA

abec

bee-pee

002

飄浮在無限蒼穹當中的巨大岩石與鋼鐵城堡。

這便是這個世界所能見到的全部景象。

在一群好奇心旺盛的高手花了整整一個月測量後，發現最底層區域的直徑大約有十公里，足以輕鬆容納下整個世田谷區。再加上堆積在上面高達百層的樓層，其寬廣的程度可說超乎想像。整體的檔案量大到根本無法測量。

這樣的空間內部有好幾個都市、為數眾多的小型街道與村落、森林和草原，甚至還有湖的存在。而連接每個樓層之間的階梯只有一座，階梯位於充斥著怪物的危險迷宮區域之中，因此要發現並通過階梯可以說是相當困難。但只要有人能夠突破阻礙抵達上面的樓層，上下層各都市的「轉移門」便會連結起來，人們也就可以自由來去樓層之間。

經過很長的時間，這個巨大城堡就這樣被逐漸地往上攻略。

城堡的名稱是「艾恩葛朗特」。這座持續飄浮在空中、吞噬了將近六千人，充滿著劍與戰鬥的世界。它的另一個名字是——

「Sword Art Online刀劍神域」。

002-01

黑衣劍士

§ 艾恩葛朗特第三十五層

二〇二四年二月

SWORD ART ONLINE

「求求你……畢娜……不要丟下我一個人……」

滑過西莉卡臉頰的兩行眼淚不斷滴落在地面的大羽毛上，最後化為光的粒子四散開來。

那淡藍色的羽毛，是長久以來唯一的朋友，同時也是搭檔的使魔「畢娜」所留下的遺物。

幾分鐘前，畢娜為了保護西莉卡而死去。牠受到怪物用武器給予致命一擊，在發出一聲悲鳴後，就像碎裂的冰塊般四散。只留下一根每當被呼喚名字時，就會高興地晃動的長尾羽——

1

西莉卡是艾恩葛朗特裡罕見的「馴獸師」。不、應該說曾經是。因為她身為馴獸師證明的使魔已經不在了。

馴獸師這個名稱並非系統上規範的等級或技能，而是一種俗稱。

通常在戰鬥中總是積極發動攻擊的怪物們，偶爾會發生向玩家示好的事件。若能抓準這個機會，給予餌食之類而成功馴養的話，怪物就會變成能給予玩家各種幫助的珍貴存在「使魔」。而大家則會帶著讚賞與羨慕，將這些幸運的玩家稱為馴獸師。

當然，並非每一種怪物都能成為使魔。有可能的，只有一小部分的小動物型怪物而已。事件發生的條件尚未被完整判別出來，唯一確定的只有「倘若殺害太多該種怪物，事件就絕對不會發生」這項條件而已。

光用想的就覺得這項條件實在太過嚴苛了。就算試圖不斷地反覆接觸有可能變成使魔的怪物，但那些怪物通常會主動攻擊，根本無法避免交戰。換言之，想成為馴獸師的話，就必須不停接觸目標怪物，而且只要是沒有觸發事件的情形，就得二話不說地逃跑。不難想像這作業有多繁雜。

關於這點，西莉卡可說是難以置信的幸運。

沒有任何相關知識的她，一時心血來潮來到下層，漫無目的在森林裡閒晃。第一次遇到的怪物沒有發動攻擊，反而主動靠近。而西莉卡丟給牠吃的，是前一天順手買來的袋裝堅果，正好是那個怪物喜歡的食物。

種族名稱為「羽翼龍」，全身覆滿輕飄飄的淺藍色柔軟的毛，由兩根大尾羽代替尾巴的小型飛龍，原本就是極少出現的特殊怪物。西莉卡似乎是第一個成功馴養的人，所以當她與趴在肩上的飛龍一起回到作為據點的第八層主街區「斐立潘」時，立刻引起非常大的話題。隔天，好像有許多玩家開始以西莉卡所提供的情報嘗試馴養羽翼龍，卻不曾聽說有人成功。

西莉卡將這隻小型飛龍命名為「畢娜」，與在現實世界中飼養的貓同名。

使魔怪物的直接戰鬥力都不是太高，畢娜也不例外，但卻擁有數種特殊能力。例如能夠探知怪物接近的搜敵能力、能幫主人回復少量生命值的治癒能力等等，每種能力都很寶貴，能讓每天的狩獵更加輕鬆。然而比起這些，最讓西莉卡感到高興的，就是畢娜的存在帶給自己安心與溫暖。

使魔的ＡＩ程式並沒有設定得那麼高。說話當然是不可能的事，能理解的命令也只有十種左右。然而對年僅十二歲就被這遊戲——封閉世界ＳＡＯ所囚禁，幾乎快被不安與寂寞壓垮的西莉卡而言，畢娜所給予的救贖根本是筆墨難以形容。可以說在得到畢娜這個搭檔後，西莉卡的「冒險」——也就是在這個世界裡「生存下去」——才總算開始。

從那之後的一年，西莉卡和畢娜順利地累積經驗、磨練身為短劍使的技術，逐漸成為在中級玩家當中相當有名的較高等級玩家。

當然，她的等級還遠不及在最前線戰鬥的頂尖劍士們。但實際上，在七千名玩家當中只佔了數百人的「攻略組」，從某個角度來說，是比馴獸師更稀有的存在，幾乎沒什麼機會親眼見到他們，所以在由大多數人所形成的中級玩家中聲名遠播，就跟晉升為偶像玩家沒兩樣。

況且女性玩家壓倒性的稀少，再加上年齡的關係，「龍使西莉卡」沒多久便成為擁有許多崇拜者的知名人士。希望偶像加入的隊伍與公會邀約絡繹不絕，年僅十三歲的西莉卡會對這種情況感到飄飄然可說是理所當然。但最後卻因為這股傲慢，遭致再怎麼後悔也無法挽回的過錯。

原因出自不值一提的爭論。

西莉卡加入了約兩週前邀請她的隊伍，一起到第三十五層北邊、通稱「迷路森林」的廣大森林地帶冒險。當然，現在的最前線是遙遠上方的第五十五層，這個樓層早已被攻略完畢。然而頂尖劍士們基本上對攻略迷宮區以外的事都不感興趣，所以像「迷路森林」這種次要迷宮就被放著不管，也因此成為適合中級玩家們的目標。

西莉卡所參加的六人隊伍聚集了各式好手，從早上開始就不斷地戰鬥、發掘寶箱，賺取了不少的珂爾與道具。冒險因為周圍逐漸染上夕陽的色彩，大家的回復藥水也差不多用盡而結束。他們開始準備回主街區時，裝備細長槍的另一名女性玩家，像是要牽制西莉卡般對她說：

——關於回去後道具的分配，因為妳已經有那隻蜥蜴幫忙回復，所以應該沒必要給妳回復水晶吧。

被觸到逆鱗的西莉卡立刻反擊：

——妳才是吧！一個完全不上前線，只會躲在隊伍後面晃來晃去的人根本用不到水晶啦！

之後便是你來我往的言語交鋒，而隊長盾劍士的仲裁也只是杯水車薪。怒火中燒的西莉卡最後丟下這些話：

——道具我不要了！我也絕不會再跟妳組隊了！何況想要我加入的隊伍根本多到滿出來！

雖然隊長極力挽留，要她至少在離開森林到達城鎮前先一起行動，但對此充耳不聞的西莉卡立刻與五人分開，往岔路跑去，就這樣帶著滿肚子怒氣走了。

即使是獨行，對已習得七成短劍技能，而且又有畢娜輔助的西莉卡來說，第三十五層的怪物算不上是什麼強敵。應該能輕鬆打敗敵人，回到主街區——如果沒有迷路的話。

被稱為「迷路森林」的森林迷宮可不是浪得虛名。

由茂密的巨大樹木並列而成的森林以棋盤狀分割成數百個區塊，並且被設定為在踏入其中一塊區域一分鐘後，四周鄰接區塊的連結就會隨機變換。要離開森林，只有在一分鐘之內不斷突破每個區塊，或是使用主街區的道具店所販賣的高價地圖道具，一邊確認四方的連結一邊前進。

擁有地圖的只有隊長盾劍士，而且在迷路森林使用轉移水晶也無法回到城鎮，只會被隨機送到森林的某個區域。因此西莉卡不得已只能馬不停蹄地奔跑，試著突破。然而要在蜿蜒的森林小徑上，邊避開巨木的樹根邊奔跑是件比想像中更困難的事情。

雖然是往北方直直前進，但抵達區域邊緣時早已超過一分鐘。在不斷重複被轉移到不明地點的情況下，西莉卡也越來越疲憊了。夕陽的顏色越來越濃，因為慢慢降臨的夜色而感到焦急，想逃出區域是越來越困難。

最後，西莉卡終於放棄奔跑，開始邊走邊期待能有被送到森林外側區域的偶然。只是幸運卻始終沒有降臨——而且在蹣跚前進的途中，怪物們也毫不留情地襲擊而來。雖說在等級上有餘裕，但隨著周圍變暗，腳邊也看不清楚了。就算有畢娜的輔助，也無法完全不受傷地結束每一場戰鬥。到最後除了剩下的道具外，連緊急用的回復水晶都用光了。

彷彿感受到西莉卡的不安似的，她肩頭上的畢娜咕嚕咕嚕地鳴叫著，並把頭往西莉卡的臉頰靠了過去。像是安慰畢娜般撫摸著牠長長的脖子，西莉卡對自己的急性子跟傲慢所招致的窘境感到後悔。

西莉卡邊走邊在內心向神禱告：

——我會反省的。絕對不會再覺得自己很特別了。所以，拜託在下一次的轉移把我們送出森林吧。

她如此祈禱著，並踏進如同熱浪般搖晃著的轉移區。在一陣類似暈眩的感覺後，出現在眼前的景象——理所當然地，是跟到目前為止一樣的幽深森林。森林的深處已陷入黑暗之中，包圍森林的草原則是連個影子都看不到。

就在垂頭喪氣的西莉卡準備再度邁開腳步時——肩頭上的畢娜突然抬起頭，並發出「啾！」的尖銳叫聲。是警戒通知。西莉卡立刻從腰間拔出慣用的短劍，同時往畢娜注視的方向擺出架勢。

數秒後，從長滿青苔的巨木陰影中，傳來了低沉的呻吟。把視線往那裡集中，接著出現了黃色浮標。是複數。二……不對，三隻。怪物的名稱是「醉狂猿人」，是出現在迷路森林的怪物中最強等級的猿人。西莉卡不禁緊咬嘴唇。

話說回來——

就等級而言，這種怪物並不是那麼危險。

像西莉卡這種中級玩家離開安全區域時，通常都是對出現的怪物做好充分過頭的安全措施。最低程度也會做到即使在沒有回復方法的狀況下，獨自被五隻怪物包圍也能獲勝的地步。

因為他們與在最前線戰鬥，以完成攻略為目標的頂尖劍士不同，中級玩家會去冒險的理由，一是獲得日常生活所需的珂爾，二是得到能留在中級所需的最低經驗值，三是無聊到受不了。不論是哪一點，都很難說是足以賭上現實死亡的目的。實際上，在「起始之城鎮」中，避免任何一點死亡的可能性增加的玩家也還有千人以上。

然而為了不餓肚子，並且能夠睡在旅館的床上，必須定期有收入進帳。另外，ＭＭＯ玩家們那種若不能持續置身在平均等級圈中，就會感到不安的特有宿疾也是原因。在遊戲開始將近一年半的現在，形成主要階層的玩家們在取得充分的準備之後，開始慢慢走出安全區域，享受屬於他們的冒險。

因此——就算是三隻第三十五層最強等級的醉狂猿人，應該也不是龍使西莉卡的對手。

鞭策疲勞的精神，西莉卡握緊了短劍。而畢娜也輕飄飄地從肩頭上飛起，進入備戰狀態。

從樹林後方出現的，是全身裹著暗紅色毛皮的巨大猿人。右手握著粗糙的棍棒，左手則提著像在葫蘆上綁了繩子的壺。

當猿人舉起棍棒、露出犬齒高聲吼叫的時候，想搶得先機的西莉卡已經往最前方的敵人飛奔而去。先以短劍技能的中級突進技「急咬」命中，大幅削減對方生命值，接著順勢用短劍特有的高速連續技進一步攻擊。

醉狂猿人使用的是低等級的鎚矛技能，雖然單擊的威力頗大，但攻擊速度跟連續技的段數都不怎麼樣。西莉卡採取反覆在連續攻擊確實命中後，就迅速後退躲開敵人反擊，接著再度搶攻的打帶跑戰法，立刻削減了第一隻的ＨＰ條。畢娜有時也會吐出泡泡般的吐息，迷惑猿人的眼睛。

在第四次攻擊放出連續技「短刃」，企圖給最前方的猿人致命一擊的前一刻。

一瞬間的空檔，新的敵人從目標的右後方切換到前面。西莉卡只好跟著改變目標，開始削減第二隻的生命值。第一隻猿人退到後方之後，舉起左手上的壺大口喝著——

接著，西莉卡用眼角確認第一隻醉狂猿人的ＨＰ條，發現了一個讓她嚇了一跳的現象。ＨＰ條正以相當的速度回復。看來那個壺裡似乎放了回復劑之類的東西。

西莉卡過去也曾在第三十五層與醉狂猿人戰鬥過，那時輕輕鬆鬆就打敗了兩隻。因為沒讓對方有切換的餘地，所以沒注意到牠們有這種特殊能力。西莉卡咬緊牙關，為了確實打敗第二隻怪物而傾盡全力。

然而，在一輪猛攻，將第二隻的ＨＰ條減少到紅色領域之後，為了發出最後重攻擊而拉開距離的瞬間，又遭到第三隻醉狂猿人從旁硬生生地插了進來。定睛一看，第一隻猿人的生命值已經幾乎完全回復了。

這樣下去會沒完沒了。焦急的滋味逐漸在西莉卡的嘴裡擴散開來。

西莉卡原本就沒有什麼獨自與怪物作戰的經驗。等級上的安全保障終究只是數值，與玩家本身的技能是兩回事。這預想之外的狀況，令西莉卡內心的焦急開始逐漸染上恐慌的色彩。她的攻擊失誤越來越多，同時也給了敵人反擊的機會。

就在她總算把第三隻醉狂猿人的ＨＰ條削減到一半左右時，猿人沒有放過想不斷發出連續技，而太過窮追不捨的西莉卡產生的硬直時間，最後發出會心一擊直接命中。

雖然棍棒只是用木頭削成的粗製品，但重量產生的基本傷害，加上醉狂猿人的筋力值補正，沒想到瞬間就將西莉卡的生命值消滅了大約三成的量。一股寒意竄過西莉卡的背脊。手邊已經沒有回復藥水這件事，也讓西莉卡大大地動搖。畢娜的治癒吐息只能回復一成左右的ＨＰ，而且不能頻繁使用。這樣算起來，只要再受到三次同樣的傷害——就會死。死亡。當這個可能性竄入腦中的瞬間，西莉卡不禁全身僵硬。不但舉不起手臂，腳也動彈不得。

到目前為止，戰鬥對她而言，雖然緊張，但跟現實的危險相距甚遠。她從來不曾想過，真正的「死亡」會在戰鬥的延長線前方等待著——

在發出吼叫並再次高舉棍棒的醉狂猿人面前張大眼睛、全身僵硬，西莉卡這才理解，在ＳＡＯ中與怪物的戰鬥究竟是怎麼回事。理解這雖然是遊戲，但可不是鬧著玩的——這充滿矛盾的事實。

隨著低沉吼聲一起落下的棍棒，擊中呆站在原地的西莉卡。她因承受不了強烈的衝擊而倒地，ＨＰ條更猛然減少，進入到黃色警戒區。

已經完全無法思考了。明明還有轉頭逃跑或使用轉移水晶這些選擇，西莉卡卻只能呆望著第三次舉起的棍棒。

粗糙的武器發出紅色的光芒，就在西莉卡反射性想要閉上眼睛的前一刻。

有個小小的身影從空中飛到棍棒前面。接著是厚重的衝擊音。水藍色的羽毛伴隨著特效光飛散開來，短小的ＨＰ條也同時減少到左端。

被打落到地上的畢娜抬起頭來，用牠那圓圓的藍色眼睛看著西莉卡。在發出輕微的一聲「啾嗚……」鳴叫聲之後——便化為閃亮的多邊形碎片散開來。只有一根長長的尾羽輕飄飄地從空中飄落，最後落在地面上。

西莉卡內心突然響起某種東西斷裂的聲音。束縛住她身體看不見的線也全都消失了。在難過之前，先感受到的是憤怒。是對自己只受到一次攻擊，就恐慌得無法動彈感到憤怒。還有對之前為了一點小事就爭吵、鬧彆扭，愚蠢到自以為可以單獨突破森林的自己的憤怒。

西莉卡以敏捷的動作退後，與怪物的追擊交錯而過，並發出怒吼，對敵人進行猛烈的襲擊。右手上的短劍閃著光芒，不斷往猿人身上砍去。

眼見同伴的體力減少，第一隻醉狂猿人揮著棍棒想再次做出切換動作，西莉卡沒有閃躲，而是用左手擋下攻擊。雖然不算是受到直接攻擊，但ＨＰ條仍然減少了。然而西莉卡完全無視這點，一心追著殺害畢娜的第三隻猿人。

活用自己嬌小的身體衝入對方的懷中，用盡全身力量將短劍刺進猿人的胸口。在會心一擊那華麗的特效出現的同時，敵人的生命值也跟著消滅。先是悲鳴，接著是破碎音效。

在爆散開來的物體碎片當中，西莉卡轉過身去，不發一語地對新的目標展開突擊。雖然生命值已經來到紅色警戒區，但她已經不去在意這些事了。狹窄的視野中，只有非殺不可的敵人身影不斷擴大。

就在她忘了死亡的恐懼，打算從揮落的棍棒下方強行突擊時。

一道來自猿人背後的純白光線橫向一砍，將並排的兩隻醉狂猿人切開。

一瞬間，猿人的身體上下斷成兩半，接連發出慘叫聲與破壞音碎裂四散。

當場呆住的西莉卡直到物件碎片蒸發後，才看到一名男性玩家站在那裡。黑髮加上黑色大衣，身高並不算高，但感覺男子全身散發出強烈的威嚴。本能感到恐懼的西莉卡微微往後退了一步。兩人的視線跟著對上。

對方的眼神非常沉穩，如同夜晚的黑暗般深邃。男子「鏘」的一聲將握在右手上的單手劍收進背後的劍鞘中，接著開口說道：

「……抱歉。沒能救妳朋友……」

聽到這句話的瞬間，西莉卡全身無力，再也無法忍住的眼淚不斷流了下來。沒注意到短劍從手中滑落，掉在地面上，西莉卡的視線移到地上的水藍色羽毛，在羽毛前面跪了下來。化為滾燙漩渦的憤怒消失的同時，深不見底的悲傷與失落感從內心湧上來。這股情感化為眼淚，不斷自臉頰滑落。

使魔的ＡＩ中，應該不存在主動襲擊怪物的行動模式。所以在那一瞬間，畢娜是以自己的意志選擇衝到揮落的棍棒前面。那可說是對這一年來朝夕相處的西莉卡友情的證明。

雙手撐著地面，不斷嗚咽的西莉卡好不容易擠出話來。

「求求你……畢娜……不要丟下我一個人……」

然而，水藍色的羽毛沒有做出任何回應。

2

「……對不起。」

黑衣男子再次開口。西莉卡努力止住淚水，搖了搖頭。

「……不……是我自己……太笨了……謝謝你……救了我……」

強忍住嗚咽，西莉卡總算把話說了出口。

男子慢慢走近，先在西莉卡面前跪下，然後再次謹慎地發出聲音：

「……關於那根羽毛，有沒有設定道具名稱？」

男子這番意料之外的話，讓西莉卡感到困惑地抬起頭來。她擦去淚水，重新凝視那根水藍色的羽毛。

這麼說來，這樣單單留下一根羽毛，實在是不可思議。不論玩家或怪物，在死亡四散時，通常裝備等所有東西都會消失。西莉卡戰戰兢兢地伸出手，用右手的食指在羽毛上輕輕一點。在浮現出來的半透明視窗上，悄悄地顯示了重量與道具名稱。

「畢娜的心」。

就在西莉卡看了之後，再次快要哭出來時，男子的聲音慌慌張張地傳了過來：

「等、等一下等一下！如果有留下心道具，那牠還有復活的可能性。」

「咦？」

西莉卡連忙抬起頭來。嘴半開著呆望男子的臉。

「這是最近才知道的情報，所以還沒有傳開來。在第四十七層的南邊，有個名為『回憶之丘』的圈外迷宮。雖然名稱如此，難易度卻高多了……在那個丘頂所開的花，似乎是給使魔用的復活道——」

「真、真的嗎？」

男子的話還沒說完，西莉卡就大喊著並準備起身。一道希望的光瞬間射進充滿悲傷的胸口。但是——

「……第四十七層……」

西莉卡嘀咕著，肩膀再度垂了下去。那是離現在所在的第三十五層遠遠高出十二層的樓層，實在不能算是安全範圍。

就在她的視線悄然落到地面上時。

「嗯——」

眼前的男子發出煩惱的聲音，抓了抓頭。

「只要妳支付必要的支出跟一些報酬，那由我跑這一趟也是無妨。但失去使魔的馴獸師本人沒去的話，那朵重要的花似乎就不會開……」

面對這名意外善良的劍士所說的話，西莉卡稍稍露出了微笑說道：

「不……光是告訴我這項情報，就很感激了。只要我努力提升等級，總有一天……」

「這也沒辦法。使魔似乎只有在死亡後三天內才能復活。期限一過，道具名稱的『心』就會變成『遺物』……」

「怎麼這樣……！」

西莉卡不禁叫了出來。

自己現在的等級是44。假設SAO是一般的角色扮演遊戲，那就是適合在該層活動的等級，跟樓層的數字相同這種淺顯易懂的設定。但是如今變成異常的死亡遊戲，考慮到安全保障就必須高個十級左右。

換言之，若想前往第四十七層，等級最低也要55才行。然而只有三天，不，考慮到實際攻略所需的時間，就要在兩天之內提升10級以上，這不管怎麼想都是不可能的事。即使是勤於不停冒險的西莉卡，在一年內也只能達到現在的數字而已。

再度被絕望給束縛住的西莉卡垂頭喪氣。她從地上撿起畢娜的羽毛，用雙手抱在胸前。對自己的愚蠢、無力感到悔恨，眼淚自然而然地流了下來。

西莉卡感覺到男子站起身來，心想他大概要離開了，應該再跟他道一次謝，但卻連開口的氣力都沒有了——

突然，眼前出現帶著亮光的半透明系統視窗。是交易視窗。抬起頭來，看到男子正在操作手邊那個相同的視窗。交易欄的道具名稱一個接一個出現。「銀線甲」、「漆黑短劍」……每個都是沒看過的東西。

「那個……」

就在西莉卡因困惑而開口時，男子用平板的語調說道：

「這些裝備足以抵個五、六級左右。我也一起去的話，應該就沒問題了。」

「咦…………」

嘴巴微張的西莉卡跟著站起身來。為了看出男子真正的想法，她仔細盯著對方的臉。系統會自動檢測視線集中的事物，男子臉的右上方浮現出綠色箭頭，但依照SAO的設計，那裡很無情地顯示著HP條，所以看不出名字跟等級。

這是一名很難看出年齡的男子。一身黑色裝扮散發出的壓力，以及相當冷靜的態度都讓人覺得應該比自己年長許多，但隱藏在偏長的瀏海後的眼神卻相當純真，有點女性化、線條柔和的長相，也給人少年的印象。西莉卡提心吊膽地說道：

「為什麼……要幫我幫到這種地步呢……？」

老實說，她先是起了警戒心。

到目前為止，西莉卡有幾次被比自己大很多歲的男性玩家搭訕的經驗，還曾被求過一次婚。對十三歲的西莉卡而言，這些體驗只令她感到恐懼而已。在現實世界中，她可是連被同學告白的經驗都沒有。

因此，西莉卡現在會事先避開別有居心接近她的男性玩家。何況在艾恩葛朗特，「口蜜腹劍」可是基本常識。

男子像是不知該怎麼回答般抓了抓頭。原本開口打算說些什麼，卻又立刻閉上。最後他移開視線，輕聲嘀咕：

「……又不是漫畫劇情……妳答應我不笑的話，我就跟妳說。」

「我答應你。」

「因為……妳跟我妹妹很像。」

實在是過於難為情的答案，令西莉卡忍不住笑了出來。雖然急忙用手摀住嘴巴，但還是無法忍著湧上來的笑意。

「妳明明答應我不笑的……」

男子一副受傷的表情，垂下肩膀並失望地低下頭。但這個模樣更令人發笑。

——他不是壞人嘛……

西莉卡一邊拚命忍住笑意，一邊想著就相信他的善意吧。何況曾經已對死有所覺悟，只要能讓畢娜復活，沒有什麼東西好覺得可惜的。

西莉卡用力地低下頭說：

「麻煩你了。我明明已經受到你的幫助，卻連這種事情都……」

她看向交易視窗，在自己的交易欄上填入擁有的珂爾全額。男子所提出的裝備道具多達十種以上，而且似乎全都是非賣品的稀有道具。

「那個……雖然我想這個金額應該完全不夠……」

「不，不用給我錢。反正都是些用不到的東西，而且這樣應該也算是多少達到了我來這裡的目的……」

男子說著滿是迷團的話，同時不收分文地按下ＯＫ按鈕。

「真的很抱歉，讓你幫了那麼多忙……那個，我叫做西莉卡。」

報出名字的同時，西莉卡期待男子會有「妳就是那位……？」的驚訝反應，但看來他似乎對這個名字沒有印象。雖然一瞬間感到遺憾，但立刻又反省，就是因為自己的自以為是才招致這次的事態。

男子輕輕點了點頭，並伸出右手。

「我是桐人，這段時間就請多指教啦。」

兩人用力地握手。

這位名為桐人的玩家從掛在腰帶上的袋子中，拿出迷路森林的地圖道具，一邊確認與出口連接的區域，一邊慢慢地走了起來。西莉卡跟在後面，同時將握在右手的畢娜羽毛拿到嘴邊，在內心低語。

等我喔，畢娜。我一定會讓你復活的——

第三十五層的主街區並排著白牆壁紅屋頂的房子，充滿了牧歌風情的農村氣氛。雖然並不算是大的城街，但現在這裡是中級玩家們的主要戰場，所以來往的人數相當多。

西莉卡的據點雖然在第八層的斐立潘，但她當然沒有買下自己的房子，所以基本上住在哪個城鎮的旅館都沒有太大差別。最大的重點在於旅館所供應的晚餐味道如何。關於這一點，因為西莉卡十分中意這間旅館的ＮＰＣ廚師所做的起士蛋糕，所以她從攻略迷路森林的兩週前開始，就一直住在這裡。

西莉卡拉著感到新奇而四處張望的桐人通過大街，來到轉移門廣場後，立刻就有認識的玩家來跟她搭話。他們早就聽說西莉卡恢復自由之身，所以來找她加入隊伍。

「那、那個……很感謝你們願意找我，但是……」

努力讓自己的應對不要讓人感到不高興，西莉卡拚命地低著頭拒絕他們。她往站在一旁的桐人看去，並繼續說著：

「……我要暫時跟這個人組隊，所以……」

幾個圍著西莉卡的玩家分別發出「咦咦——」、「哪有這樣的！」之類的抱怨，並對桐人投以懷疑的眼光。

雖然西莉卡已經見識過桐人一部分的實力，但單看站在那裡無事可做的黑衣劍士的外表，怎麼樣都不覺得他很強。

尤其是沒有裝備任何看起來很高級的防具——完全沒有配戴鎧甲，短衫上只披著有點舊的黑皮革長大衣——背上只揹著一把簡單的單手劍，而且也沒拿盾。

「喂！你啊——」

最熱衷邀請的高大雙手劍使走到桐人面前，用向下俯視的模樣開口說道：

「雖然沒見過你，但是可不可以請你不要插隊。我們可都是從很久以前就開始邀請那孩子了耶！」

「就算你這麼說……我已經跟她約好了……」

桐人露出困擾的表情，抓了抓頭。

西莉卡想著「再多反擊個幾句也無妨啊。」並為此感到有些不滿的同時，開口對雙手劍使說：

「那個，是我拜託他跟我組隊的，對不起。」

最後深深地一鞠躬，便拉著桐人的大衣袖子離開。為了早一刻遠離那群仍不肯放棄，一邊揮手一邊喊著「下次再傳訊息給妳！」的男性玩家們，西莉卡用非常快的步伐走著。橫越過轉移門廣場，接著踏入往北延伸的主要街道。

終於看不到那群玩家的身影後，西莉卡鬆了口氣，抬頭看著桐人的臉說：

「……對、對不起，造成你的困擾。」

「不會啦。」

桐人一副完全不在意的態度，微微露出笑容。

「西莉卡小姐相當受歡迎耶，真是厲害。」

「直接叫我西莉卡吧——沒這回事。一定只是想把我當成吉祥物才邀請我罷了。明明只是這樣……我卻因此感到自傲……以為自己可以突破森林……才會發生那種事……」

一想到畢娜的事，眼裡自然而然又泛著淚水。

「沒問題。」

桐人以始終相當沉穩的聲音如此說了：

「不用擔心，我們絕對會讓牠復活。」

西莉卡擦去眼淚，對桐人露出微笑。同時覺得不可思議，如果是這個人說的話，總覺得能夠相信。

不久，在道路的右側看到一棟比其他建物大的兩層樓建築。那就是西莉卡住的旅館「風向雞亭」。這時，西莉卡才發現自己什麼都沒問，就把桐人帶來這裡了。

「那個、桐人哥的據點是在……」

「啊啊，平常是在第五十層啦……不過太麻煩了，我也住這裡吧。」

「是這樣嗎！」

西莉卡高興地拍了一下手。

「這裡的起士蛋糕很好吃喔！」

就在她邊說邊拉著桐人的大衣袖子，準備走進旅館時，一個四到五人的集團從旁邊的道具店走了出來。他們是西莉卡這兩週來參加的隊伍成員。走在前面的男子們沒有注意到西莉卡，便往廣場的方向走去，但走在最後面的一名女性玩家則回頭瞥了一眼，讓西莉卡反射性與對方的視線直接對上。

「……！」

她是現在最不想見到的人。在迷路森林造成自己與隊伍吵架並離隊的長槍使。原本西莉卡想低著頭，不發一語地走進旅館。

「哎呀，這不是西莉卡嗎？」

但對方先打了招呼，她只好停下腳步。

「……妳好。」

「喔喔——妳成功離開森林啦，那真是太好了。」

這名留著一頭大紅色波浪捲髮，名為羅莎莉雅的女性玩家，嘴角歪曲地笑著說道。

「不過現在才回來已經太遲囉。道具已經在剛剛分配完畢了呢。」

「我說過我不需要了啊！我另外有事——」

雖然西莉卡想中斷對話，但對方卻沒打算就這樣放過她。當她眼尖注意到西莉卡的肩膀上空無一物時，臉上浮現出令人討厭的笑容。

「哎呀？那隻蜥蜴怎麼了嗎？」

西莉卡緊咬嘴唇。使魔無法收進道具欄，也不能寄放在別處。換言之，無法在馴獸師身邊看見使魔的理由只有一個。這件事羅莎莉雅當然也知道，但她卻露出淺笑，故意接著說：

「哎呀，該不會是……？」

「牠死了……但是！」

西莉卡用力瞪著長槍使。

「畢娜絕對會復活的！」

原本一直露出痛快笑容的羅莎莉雅微微睜大了雙眼。她吹了聲口哨說道：

「哦，這麼說，妳是打算去『回憶之丘』囉。不過，妳這種等級攻略得了嗎？」

「沒問題的。」

在西莉卡回答之前，桐人便先往前站出一步，像是要保護西莉卡似的將她藏進大衣後方。

羅莎莉雅露骨地用品頭論足的眼神掃視桐人，紅豔的嘴唇再度浮現嘲諷的笑容。

「你也被那孩子騙了嗎？她可沒有看起來那麼強喔。」

強烈的悔恨，讓西莉卡的身體發起抖來。她低著頭，拚命忍住眼淚。

「走吧。」

桐人將手搭在西莉卡的肩膀上。西莉卡在桐人的催促下，往旅館邁開腳步。

「反正，你們就加油囉。」

羅莎莉雅那帶著笑意的聲音從背後傳來，但他們沒有再回頭。

「風向雞亭」的一樓是寬廣的餐廳。讓西莉卡坐到後方的座位上，桐人便往站著ＮＰＣ的櫃台走去。先完成住宿登記，接著將櫃台上的菜單迅速點過之後就回到座位。

西莉卡原本要向坐在對面的桐人，為了因為自己的關係而讓他感到不愉快的事道歉。但才剛開口，桐人就舉起手制止，並輕笑著說：

「還是先吃飯吧。」

就在這時，服務生端了兩個冒著熱氣的馬克杯上來。放在面前的杯子裡，裝滿了傳出不可思議香氣的紅色液體。

桐人說了聲「慶祝組成隊伍！」並互相敲杯，西莉卡啜了一口溫熱的液體。

「……好好喝喔……」

香料的香氣以及酸甜的味道，跟在很久以前，父親讓她稍微試喝過的熱葡萄酒有些類似。但住在這裡的兩個星期內，把這間餐廳菜單上的飲料全部試過一次的西莉卡，卻對這個味道沒有印象。

「請問，這個是……？」

桐人笑了一下，回答：

「NPC餐廳也接受客人自己帶飲料來喔。這是我擁有的，名為『等價紅寶石』的道具。只要喝一杯就能讓敏捷力的最大值上升1喔。」

「這、這麼貴重的東西……」

「就算把酒放在道具欄裡面，味道也不會變好啊。而且我的朋友很少，實在沒什麼機會打開它……」

桐人開玩笑地縮著肩膀。西莉卡則笑著又喝了一口飲料。那令人感到懷念的味道，似乎讓在這發生許多悲傷事情的一天中，萎縮硬化的心慢慢溶解開來。

不久，就算杯子空了，捨不得那股溫暖的西莉卡仍將杯子抱在胸前好一段時間。她將視線落在桌上，輕聲說道：

「……為什麼……要說那種惡毒的話呢……」

桐人露出認真的表情，將杯子放下後開口：

「SAO是……妳玩過的MMO裡的……？」

「是第一款。」

「是嗎——不論是哪種線上遊戲，都有許多一披上角色的外表，人格就會改變的玩家。變成好人的傢伙、變成壞人的傢伙……一直以來這都被稱為角色扮演。但我覺得在SAO裡的情況是完全不同的。」

桐人的眼神在一瞬間變得銳利。

「現在明明陷入了這種異常的狀況……我可以理解要全體玩家通力合作、完成攻略是不可能的。但對於他人的不幸興災樂禍的傢伙、掠奪道具的傢伙——甚至殺人的傢伙實在太多了。」

桐人直視著西莉卡的眼睛。他的眼神中除了憤怒，還帶著很深沉的悲傷。

「我覺得在這裡幹盡壞事的玩家，都是些在現實世界中也爛到骨子裡的傢伙。」

他唾棄般說著。之後，發現西莉卡那被自己的氣勢嚇到的表情，桐人輕笑著說了句抱歉。

「……其實，我也沒有資格對別人說三道四。畢竟我很少幫助別人，甚至——還對同伴見死不救……」

「桐人哥……」

西莉卡隱約察覺到，眼前的黑衣劍士似乎抱著某種深刻的懊悔。雖然想說些話安慰他，但可恨的是自己詞窮到根本無法說出想要表達的事情。取而代之的是，西莉卡在無意識中，用雙手包覆住桐人那在桌面上緊緊握著的右手。

「桐人哥是好人喔。因為你救了我嘛。」

桐人瞬間嚇了一跳，想把手收回來，但又立刻放鬆了手臂的力道。嘴角露出平穩的微笑。

「……結果反而是妳安慰我啊。謝謝妳，西莉卡。」

在那一剎那，西莉卡的胸口突然感到一股強烈的痛楚。心臟的鼓動沒來由地加速，臉頰也跟著熱了起來。

連忙放開桐人的手，並將雙手用力壓住胸口。但那股強烈的疼痛卻完全沒有消失。

「怎、怎麼了嗎……？」

對著越過桌子探出身來的桐人用力搖頭，硬是擺出了笑容。

「沒、沒事啦！我的肚子餓了！」

結束由燉肉、黑麵包，和甜點起士蛋糕所組成的晚餐後，時間已經來到晚上八點了。為了準備明天的第四十七層攻略，打算早點休息的兩人便往風向雞亭的二樓走去。寬廣的走廊兩側，並排著許多客房的房門。

桐人的房間很巧地就在西莉卡房間的隔壁。兩人面對面，笑著互道晚安。

進入房間後，為了熟悉桐人給的新短劍，西莉卡決定在換衣服前先複習連續技。雖然想將意識集中在比之前的愛劍更重一些的武器上，但刺痛的感覺卻持續盤據在胸口，讓她實在難以上手。

即使如此，終於還是成功發出了五連擊後，西莉卡便叫出視窗解除武裝，只穿著貼身衣物躺到床上。接著，敲了牆壁叫出彈出式視窗，將室內的燈關掉。

全身都感覺到沉重的疲勞，原本以為可以立刻睡著，卻不知為何怎麼樣都無法入睡。

自從和畢娜成為朋友以來，西莉卡每晚都抱著牠那軟綿綿的身體入睡，所以這寬敞的床鋪實在令她感到不安。在床上翻來覆去，最後放棄睡覺的西莉卡挺起上身，並往左邊——連接著桐人房間的牆壁盯著看。

想再多跟他聊一下。

西莉卡對不自覺想著這種事情的自己感到有些不知所措。認識對方才半天，而且還是個男性玩家。之前明明堅決與他人保持一定距離，為何現在會如此在意一個來歷不明的劍士呢？

就在自己也無法解釋內心想法的情況下，她瞄了一眼視野右下角的時鐘，已經快十點了。

走廊上來往的玩家腳步聲也在不知不覺間停止，如今只能微微聽見狗的遠吠聲。

不管怎麼想，這都很不合常理，還是早點睡吧。

雖然腦袋裡這樣想，西莉卡卻還是放輕腳步下了床。只是去敲個門看看──如此說服自己後，便揮動右手。開啟裝備選單，從擁有的衣服裡選出最可愛的連身裙穿上。

在朦朧燭光照耀下的走廊走了幾步，停在門前猶豫了數十秒後，西莉卡舉起右手輕輕地敲了兩下門。

一般來說，所有的房門都有遮蔽聲音的功能，所以對話不會洩漏出去。但敲門後的三十秒內則不在此限，立刻就聽到桐人應門的聲音，門也跟著開啟。

解除武裝後只穿著樸素短衫的桐人，在見到西莉卡的瞬間不禁睜大眼睛說道：

「咦？有什麼事嗎？」

「那個──」

來到了門口才發現自己沒有準備好理由，這讓西莉卡整個人慌了起來。只是想找人說話，這種理由實在太過孩子氣了。

「呃、那個、是這樣的──我想先問一些關於第四十七層的情報！」

幸好桐人看來並不懷疑地點了點頭。

「喔喔，可以啊，要到樓下去嗎？」

「不，那個——可以的話，我想在房裡聊……」

西莉卡在反射性地如此回答後，才急忙解釋：

「啊，因為，是很貴重的情報，如果被別人聽到就糟糕了！」

「呃……啊……這麼說……是沒錯啦……」

桐人傷腦筋地搔了搔頭，最後還是嘀咕著「好吧，無所謂。」便退了一步將門打開。

房間的構造理所當然跟隔壁相同。右手邊是床鋪，裡面則擺了茶几與一張椅子。日常用品就只有這些。而掛在左側牆壁上的壁燈則綻放出橘色的光芒。

讓西莉卡坐在椅子上，自己坐上床鋪後，桐人便開啟了視窗。迅速地操作著，將一個小箱子實體化。

把放在桌上的箱子打開來，裡面收藏著一個小小的水晶球。水晶球在壁燈的光芒照射下閃閃發亮。

「好漂亮……這是什麼？」

「這是名為『幻影天球』的道具喔。」

桐人用指頭輕觸水晶後，選單視窗便跳了出來。他迅速地操作，然後按下ＯＫ按鍵。

接著，球體發出藍色的光，並在上方照出巨大的圓形立體影像。這似乎是顯示艾恩葛朗特某一層的整體畫面。街道、森林，甚至是一棵棵樹木，都以細緻的立體畫像描繪出來，與系統選單上顯示的簡單地圖實在是天壤之別。

西莉卡陶醉地看著那藍色半透明的地圖。她有一種只要凝視著，甚至連在街道上來往的行人都看得到的感覺。

「哇啊啊……！」

「這裡是主街區。然後這邊就是回憶之丘。要順著這條路走……但在這附近會出現有點麻煩的怪物……」

桐人用手指指著地圖，以流暢的語調說明第四十七層的地理關係。光是聽著那平穩的聲音，就讓人陷入放鬆柔和的氣氛當中。

「通過這座橋，就可以看見山丘……」

桐人的聲音突然中斷。

「…………？」

「噓……」

抬起頭來就看到桐人面露嚴肅的表情，將手指放在嘴唇上。銳利的視線盯著房門。

突然，他的身體動了起來，以閃電般的速度從床上衝了出去，接著拉開房門。

「是誰……！」

西莉卡的耳朵聽見「啪噠啪噠」跑走的腳步聲。她慌張地跑了過去，從桐人身下探出頭來，剛好看見一個從走廊盡頭的樓梯急奔而下的人影。

「怎、怎麼了……？」

「……剛剛說的話被偷聽了……」

「咦……可、可是，門外應該聽不到聲音啊……」

「竊聽技能等級很高的話就辦得到。雖然很少人……會把等級練得那麼高就是了……」

桐人關起房門，回到房內。在床上坐下，露出一副沉思的表情。坐到他身旁的西莉卡用雙手抱住自己的身體，一股不明的不安油然而生。

「可是，為什麼要偷聽呢……」

「──應該馬上就會知道了。等我一下，我打個訊息。」

對西莉卡微微露出笑容的桐人，首先將水晶地圖收好，然後開啟視窗，叫出全息鍵盤，接著開始打起字來。

在他身後的西莉卡在床上縮成一團。遙遠的現實世界的記憶在這時甦醒過來。西莉卡的父親是個外勤記者，總是表情嚴肅地坐在舊式電腦前面敲著鍵盤。以前西莉卡很喜歡看著父親那樣的背影。

不安感已經消失。從斜後方看著桐人的側臉，讓西莉卡覺得彷彿被遺忘已久的溫暖包圍住，接著在不知不覺中閉上了眼睛。

3

耳邊響起的鬧鈴聲，讓西莉卡緩緩地睜開眼睛。這是只有自己才能聽見的起床鈴聲，時間設定在早上七點。

西莉卡掀開毛毯起身。平時的她總是會賴床，今天卻意外地愉快醒了過來。拜深層且充足的睡眠所賜，腦袋清晰得就像剛清洗過一樣爽快。

就在西莉卡大大地伸了個懶腰，正準備下床的時候，她整個人僵住了。

從窗戶灑入的朝陽中，有個人坐在地板上，上半身靠著床邊睡著。就在她以為有入侵者，並吸氣準備尖叫時，才終於想起自己昨晚究竟睡在什麼地方。

——我，就那樣直接睡在桐人哥的房間……

在認知到這點的瞬間，臉頰就像被怪物的火焰吐息燒烤一樣發熱。因為是在感情表現過於誇張的SAO中，頭上搞不好真的冒出了蒸氣。看來桐人讓西莉卡就這麼睡在床上，而自己只好在地板上睡覺。不知是感到難為情還是抱歉，西莉卡用雙手摀著臉龐扭動身體。

花了幾十秒讓思考冷靜下來後，西莉卡輕輕地下了床。放輕腳步繞到桐人面前，並且盯著他的臉龐。

黑衣劍士意外天真無邪的睡臉，讓西莉卡忍不住露出了微笑。雖然在清醒時，那銳利的眼神使得他看起來比自己年長許多，但現在的睡臉看來，又讓人覺得搞不好他的年紀跟自己差不了多少。

雖然看著他的睡臉也很愉快，但畢竟不能一直這樣下去，於是西莉卡輕點劍士的肩膀，同時開口叫他。

「桐人哥，天亮了喔。」

桐人立刻睜開了雙眼。他眨了眨眼睛並凝視西莉卡的臉幾秒後，馬上浮現慌張的表情說：

「啊……抱、抱歉！」

接著立刻低頭道歉。

「原本是想要不要叫醒妳的，但看妳睡得很熟……而且就算想送妳回房間，房門也打不開，只好……」

玩家所承租的旅館房間在系統上是絕對不可侵犯，只要沒有登入朋友，不論用什麼手段都無法入侵。西莉卡連忙揮了揮手回答：

「不、不會，我才應該道歉呢，對不起！霸佔了你的床……」

「無妨啦，反正在這裡不論用哪種姿勢睡覺都不會肌肉痠痛。」

站起身來的桐人與所說的話相反，將脖子嘎嘎作響地左右彎曲，同時舉起雙手伸了懶腰。然後像想起什麼似地低頭看著西莉卡開口說：

「……總之，早安。」

「啊，早安。」

兩人相視而笑。

來到一樓，為挑戰第四十七層「回憶之丘」而好好地吃了頓早餐，接著走到大街上時，明亮的陽光已經籠罩整個城鎮了。準備出發去冒險的白天型玩家，以及剛結束深夜狩獵回來的夜貓族玩家，帶著相反的表情交錯而過。

在旅館旁邊的道具店補充好藥水類回復道具後，兩人便往轉移門廣場出發。很幸運的，在沒有遇到昨天那群勸誘玩家的情況下就抵達了轉移門。就在準備飛身躍入發著藍色光芒的傳送空間時，西莉卡停下了腳步。

「啊……我還不知道第四十七層的城鎮名稱……」

才打算叫出地圖確認，桐人就先伸出了右手。

「沒關係，由我來指定吧。」

於是西莉卡怯生生地握住了他的手。

「轉移！芙洛莉雅！」

炫目的光芒與桐人的聲音同時散開來，將兩人包圍起來。

緊接在瞬間的傳送感覺之後，特效光消散時，西莉卡的視野立刻闖進各式繽紛的色彩。

「哇啊啊……！」

她不禁發出了歡呼聲。

第四十七層主街區的轉移門廣場上，遍佈無數的花朵。狹窄的道路以十字貫穿圓形的廣場，其他地方則是用磚塊圍成的花圃，不知名的花草在其中爭奇鬥豔。

「好壯觀喔……」

「大家習慣叫這層樓為『花之庭園』，不光是街道，整個樓層都佈滿了花朵。如果有時間的話，還可以去北邊的『巨大花森林』逛逛。」

「那裡就當作下次的娛樂吧！」

對桐人笑了笑，西莉卡便在花圃前面蹲了下來。接著把臉湊近有點像矢車菊的淡藍色花朵，輕聞它的香氣。

從佈有纖細紋路的五片花瓣、白色的花蕊到淡綠色根莖，這朵花以令人驚訝的精細度被製造出來。

當然，包含這個花圃當中綻放的所有花朵在內，全艾恩葛朗特的植物或建築，都不可能時常以如此精緻的物件存在著。若是這麼做，不論SAO的主機性能再高，系統資源也會在瞬間就消耗殆盡。

為了在避免發生這種情況的同時，又能提供玩家如同現實世界般真實的環境，SAO採用了稱為「細部聚焦系統」的構造。當玩家對某物件產生興趣，並集中視線的瞬間，便只將該物件真實的細部呈現出來。

打從聽說這個系統開始，西莉卡就被對各種事物產生興趣的行為，會對系統造成無謂的負擔這種強迫觀念牽制，還因此感到膽怯。但只有現在，這股無法壓抑的心情，讓她不斷在花圃間移動、欣賞著花朵。

盡情地享受了香氣，終於站起身來時，西莉卡再次環視周圍。

漫步在花間小路的人影，幾乎都是男女兩人組。每個人都牽著手，不然就是勾著手開心地邊走邊談笑著。看來這個地方似乎已經變成那種地點了。西莉卡抬頭瞄了無所事事站在旁邊的桐人一眼。

——其他人會不會也是這樣看我們呢……？

像是要掩飾想著這些事情而瞬間變得紅通通的臉頰，西莉卡充滿活力地說道：

「走……走吧！往練功區前進！」

「嗯、嗯。」

桐人一度眼神閃爍，但又立刻點頭，邁開腳步與西莉卡並肩而行。

即使走出轉移門廣場，城鎮的主要街道也同樣埋沒在花海當中。西莉卡與桐人並肩漫步在其中，同時想起了昨天與桐人相遇時的情形。她無法相信從那以來其實還沒經過一天。這名黑衣劍士在自己心中的存在感，已經大到這種地步了。

不知道桐人是怎麼想的，西莉卡窺視他的表情，但劍士依然充滿了謎團，讓人無法了解他的內心。西莉卡猶豫了一段時間，下定決心開口：

「那個……桐人哥，我可不可以問關於你妹妹的事情……？」

「怎、怎麼突然說這個？」

「因為你說她跟我很像啊，所以讓我很在意……」

在艾恩葛朗特中提到現實世界的話題是最大的禁忌。理由有很多種，但最主要的原因是倘若讓「這個世界只是假想的虛構物」這種想法深植在心中，將會無法接受在SAO中的「死」等同於現實的死亡。

即使如此，西莉卡還是想問關於桐人那個與自己相似的妹妹的事情。她想要知道，就算只是被當成妹妹，桐人是否想從自己身上得到些什麼。

「……其實，我們的感情不是很好……」

過了一會，桐人才斷斷續續地說了起來。

「雖然說是妹妹，但其實是表妹。因為某些原因，從她出生開始，我們就在一起生活，所以她應該不知道這件事。不過，大概就是因為這樣……我才會想跟她保持距離，在家裡也避免碰到面。」

他輕輕地嘆了口氣。

「……而且，祖父是個很嚴厲的人。他在我八歲的時候，就強制我跟妹妹到附近的道場學習劍道。怎麼樣都無法適應的我，在兩年後便放棄了，還因此被祖父打了一頓……那時，妹妹哭喊著說：『我會加倍努力，所以不要再打了。』來保護我。之後我開始沉溺在電腦的世界中，妹妹則真的致力於劍道，在祖父去世前不久，甚至在全國得到了不錯的名次。祖父應該感到很滿足吧……所以我一直覺得比不上她。其實她應該有其他想做的事情，應該很恨我。一這麼想，我就不知不覺地更加想要避開她了……就這樣，我來到了這裡。」

桐人說到這裡，悄悄低頭看著西莉卡的臉。

「所以，會想幫妳可能只是我自私的自我滿足，覺得這樣能向妹妹贖罪。對不起。」

身為獨生女的西莉卡，其實無法完全理解桐人想要表達的事情，但不知為何，她總覺得能夠了解桐人妹妹的心情。

「……我覺得，桐人哥的妹妹絕對沒有恨你喔。因為啊，人根本沒辦法在不喜歡的事物上努力啊。所以，她一定是真心喜歡劍道。」

拚命想著措辭的西莉卡如此說著，桐人聽了露出微笑。

「結果我總是被妳安慰啊……是這樣嗎……如果是這樣就好了。」

西莉卡感受到一股溫暖在內心擴散開來。能聽見桐人的內心話讓她很高興。

不知不覺間，兩人已經走到街區的南門了。藤蔓植物圍繞著由銀色細鋼材組成的巨大拱門攀爬，並開滿無數的白色花朵。主要街道通過這個拱門，變成由綠色山丘所圍繞的街道，消失在春霞的另一端。

「那麼……我們差不多要開始冒險了……」

「是！」

西莉卡放開桐人的手臂，露出嚴肅的表情點了點頭。

「以妳的等級加上那些裝備，這裡的怪物絕非打不倒的敵人。不過……」

桐人邊說邊翻找腰帶上的小袋子，接著從裡面拿出一顆水藍色的水晶放到西莉卡的手中。是轉移水晶。

「在練功區什麼事情都有可能發生。聽好囉，如果發生了什麼意外的狀況，只要我要妳逃跑，妳就一定要用這個水晶轉移，到哪個城鎮都無妨。不用擔心我的狀況。」

「可、可是……」

「答應我。我……曾經害隊伍全部滅亡。我不想再犯相同的錯誤了。」

桐人那極為認真的表情，令西莉卡只能點點頭。他又說了一次「我們約好了喔。」並為了讓西莉卡安心而露出笑容說：

「那，出發吧！」

「是！」

確認裝備在腰間的短劍，西莉卡下定決心，至少不要再像昨天一樣陷入恐慌，要拿出自己的全力作戰。

——然而。

「呀、呀啊啊啊啊啊！這是什麼——？好噁心啊——！」

在第四十七層的練功區往南方前進幾分鐘後，很快就遇到第一隻怪物，不過……

「不……不要啊啊啊！不要過來——」

撥開高聳的草叢出現的那個東西，有著西莉卡想都沒想過的外表。若用一句話來形容，就是「會走路的花」。深綠色的莖跟人類的手臂一樣粗，根部則分成複數的枝幹穩穩地踩著地面。莖稈，或者是身體的頂端有著類似向日葵的黃色巨大花朵，中央大大張著長滿牙齒的嘴巴，露出內部看來似乎有毒的紅色。

莖稈的中央附近伸出兩條飽滿的藤蔓，看來那個手臂和嘴巴就是牠的攻擊武器。食人花露出噁心的笑容，揮舞著手臂，或者該說觸手，往西莉卡飛奔而去。就是因為很喜歡花朵，這個怪物誇張的醜陋外表，更是激起西莉卡生理上的厭惡感。

「我不要啦──────」

她幾乎是閉著眼睛胡亂揮著短劍，站在一旁的桐人以傻眼的語氣說道：

「沒、沒問題的。這傢伙其實很弱，只要對準花朵下方那個帶點白色的部位攻擊，就可以簡單地……」

「可、可是，這真的很噁心嘛──────」

「要是連這傢伙都覺得很噁心的話，那接下來會很麻煩喔。有長了很多花朵的傢伙、類似食蟲植物的怪物，甚至還有長滿濕黏觸手的傢伙……」

「呀啊──────！」

西莉卡因為桐人的話而起雞皮疙瘩，並尖叫著不斷胡亂揮出的劍技，當然是完全揮空了。兩條藤蔓看準放出劍技後的硬直時間趁隙而入，捆住她的雙腳，以不可思議的怪力輕鬆將她吊了起來。

「哇！」

西莉卡的視野整個反轉過來，同時被頭下腳上地倒吊著，她的裙子也就乖乖地順從虛擬的重力往下攤開。

「哇哇哇！」

雖然她連忙用左手壓住裙襬，準備用右手切斷藤蔓，但可能是因為在這個姿態下，所以實在無法辦到。滿臉通紅的西莉卡拚命大叫：

「救、救命啊，桐人哥！不要看但是救我！」

「這、這有點難耶。」

以左手遮住眼睛的桐人傷腦筋地回答她時，巨大花朵彷彿很高興地將倒吊的西莉卡左右搖來晃去。

「這、這傢伙……給我差不多一點！」

無計可施之下，西莉卡只好把左手從裙子上放開，抓住其中一條藤蔓，並用短劍切斷它。身體往下掉的西莉卡抓準花的脖子進入攻擊範圍的時機，再度放出劍技。這次漂亮地命中目標，在巨大花朵的頭滾落的同時，整個身體跟著爆散開來。西莉卡在掉落的多邊形碎片當中落地後，轉頭詢問桐人。

「……你看到了吧？」

黑衣劍士從左手的指縫間往下看著西莉卡回答：

「……我沒看喔。」

在經歷了五次左右的戰鬥之後，西莉卡總算習慣了怪物的模樣，兩人順利地快速消化著行程。雖然她在碰上有點像海葵的怪物，被沾滿黏液的觸手捆綁住全身時，一度還以為自己快昏倒了。

桐人在戰鬥時基本上都不出手，貫徹輔助的角色，在西莉卡有危險時才用劍把攻擊彈開。組隊攻略的經驗值分配，是以給予怪物的傷害值比例來做計算。因為不斷打倒高等級的怪物，經驗值以比平常高出數倍的速度增加，所以等級立刻上升了一級。

順著紅磚道路直直前進，就出現一座橫跨小河的小橋，在橋的另一端可以看見一座有點高的山丘。道路環繞著山丘連綿至丘頂。

「那裡就是『回憶之丘』了。」

「這樣看起來，似乎沒有岔路耶？」

「是啊。只需要爬上去而已，不用擔心會迷路。但是怪物的數量相當多，路上可千萬不能鬆懈喔。」

「是！」

再一下，只要再一下，畢娜就能復活了。這麼一想，腳步便自然地加快。

如同桐人所說，在踏入開滿繽紛花朵的山路後，遇到怪物的機率便一口氣激增，植物怪物的體型也跟著變大。然而西莉卡手上的黑色短劍威力比想像中更強，只要發出一組連續技，就可以解決大部分的怪物。

說到比想像中強，桐人的實力更是深不見底。

在看到他能一擊宰掉兩隻醉狂猿人時，西莉卡就料想他是個等級相當高的劍士，但即使來到比那裡高了十二層的地方，那股餘裕也完全沒有消失。就算同時出現複數的怪物，他也能立刻擊破，只留下一隻，並且從旁幫助西莉卡。

但越是這樣，「如此高等級的玩家，究竟是為了什麼而到第三十五層？」的疑問就越是揮之不去。雖然從他的說法可以得知，他是因為某個目的而到迷路森林，但是並沒有傳聞那裡有什麼稀有道具或特殊怪物。

就在西莉卡想著，等冒險結束再問問看，並不斷揮舞著短劍的這段時間，蜿蜒小路的角度也變得越來越急。在他們不斷擊退怪物越來越強大的襲擊，穿過成排的高聳繁茂樹木後——那裡正是丘頂。

「嗚哇……！」

西莉卡不禁往前跑了幾步，發出了歡呼聲。

這是個非常符合空中花田這個形容的場所。四周被樹木所包圍，美麗的花朵爭奇鬥艷地佈滿敞開的空間。

「總算到目的地啦。」

從背後走近的桐人一邊把劍收入背後的鞘中，一邊這麼說著。

「那花……就在，這裡……？」

「嗯。中央附近不是有個岩石嗎？就在那個頂端……」

桐人話還沒有說完，西莉卡就已經跑了出去。在花田的中央確實有個閃著白色光芒的大岩石。她上氣不接下氣地跑向那高度到達胸口的岩石，心驚膽跳地窺視岩石上方。

「咦……」

然而，那裡什麼都沒有。凹陷的岩石頂端只長了如線般短小的草，完全看不見任何像花的東西。

「沒有……沒有啊，桐人哥！」

轉頭看向追了上來的桐人，西莉卡叫了出來。無法止住的眼淚奪眶而出。

「怎麼可能……不，喏，妳再看一次。」

被桐人的視線催促著，西莉卡再度將視線轉回到岩石上方。接著——

「啊……」

在柔軟的草堆中，有一根細芽正在逐漸成長。將視線集中過去，聚焦系統就開始運作，嫩芽也瞬間變成鮮活的模樣。兩片純白色的葉子如貝殼般張開，從中央長出細尖的莖稈。

如同過去上生物課時看的快轉影片一樣，那根細芽迅速長高變粗。不久，在尖端結出一個大花苞。那鼓成淚滴狀，閃著純白光輝的部分，確實從內部發出珍珠色的光芒。

在西莉卡與桐人屏住呼吸注視下，花苞的前端緩緩綻放——發出鏮啷一聲鈴聲，整個花苞打開來，光的粒子在空中飛舞。

兩人有好一段時間一動也不動，一直盯著那彷彿小小奇蹟般綻開的白色花朵。七片細小的花瓣像星光似的展開，光芒不斷從中央非常輕柔地流洩而出，最後在空中消散。

覺得怎麼也無法用手觸碰的西莉卡，悄悄抬頭看著桐人。桐人露出溫柔的笑容，輕輕點了點頭。

西莉卡也點點頭，將右手輕輕伸向花朵。當她的手觸碰到那細如絲線的莖桿時，莖桿就如同冰塊般從中碎裂，只留下花朵落在西莉卡的手中。她屏住呼吸，用手指輕點表面後，名稱視窗就無聲無息地跳了出來。「聖靈之花」——

「有了這個……就能讓畢娜復活了對吧……」

「是啊，只要把囤積在花中的水滴灑在心之道具上就可以了。不過這邊有太多強大的怪物，所以等回到城鎮再執行會比較好。再忍耐一下，我們立刻趕回去。」

「是！」

西莉卡點了點頭，開啟主視窗把花放到上面。確認花已經收進道具欄後，便將視窗關閉。

老實說，西莉卡很想用轉移水晶一口氣飛回家，但她還是忍耐著邁開了步伐。畢竟高價位的水晶是在碰上真正的危機，在千鈞一髮的時刻，才應該使用的東西。

幸好，在歸途中幾乎沒有遇到怪物。他們可說是以飛奔而下的速度抵達山麓。

接下來只要在街道走一個小時，就可以再次見到畢娜了——

就在她努力壓抑內心的衝動，準備渡過小河上的橋時。

走在後面的桐人突然把手放到她的肩膀上。西莉卡驚訝地轉過頭去，看見桐人表情嚴肅地瞪著橋的另一端道路兩旁繁茂的樹叢。他以比平常低沉的聲音開口說道：

「——埋伏在那裡的傢伙，出來吧。」

「咦…………？」

西莉卡慌張地凝視著樹叢，但完全看不見人影。在過了緊迫的幾秒之後，樹叢的葉子突然動了一下。顯示玩家的浮標跳了出來。顏色是綠色，並不是犯罪者。

現身在短橋另一端的——令人驚訝地，是西莉卡認識的人。

如同火焰般的大紅髮色，同樣鮮紅的嘴唇，裝備黑得發亮的琺瑯皮革鎧甲，單手拿著細十字槍。

「羅……羅莎莉雅小姐……？為什麼妳會在這裡……？」

沒有回答傻眼地提問的西莉卡，羅莎莉雅揚起單邊嘴角笑著。

「竟然能看破我的隱蔽，你的搜敵技能等級還真高啊，劍士大人。我似乎太輕敵了？」

這時她才總算把視線移到西莉卡身上。

「看妳那個樣子，應該是成功得到『聖靈之花』了。恭喜妳啦，西莉卡。」

無法掌握羅莎莉雅的本意，西莉卡往後退了幾步。她有種無法形容的不祥預感，而她的直覺沒有落空，一秒後，羅莎莉雅就說出了令西莉卡傻眼的話。

「那麼，妳就快點把那朵花交出來吧。」

「……？妳……妳在說什麼……」

這時一直不發一語的桐人走上前來，開口說道：

「恕難從命啊，羅莎莉雅小姐。不對──應該稱呼妳為犯罪者公會『泰坦之手』的會長大人才對。」

羅莎莉雅挑起眉毛，掛在唇邊的笑容跟著消失。

在ＳＡＯ當中，玩家若犯下竊盜、傷害，或是殺人等系統上的犯罪行為，顏色浮標就會從平常的綠色變成橘色。因此，犯罪者就稱為橘色玩家，其集團則稱為橘色公會──這種基本知識西莉卡當然也知道，但她還不曾有實際看過的經驗。

然而，不管怎麼看，眼前的羅莎莉雅頭上浮現出的ＨＰ箭頭都是綠色的。西莉卡呆愣地看著身旁的桐人，並用沙啞的聲音發問：

「咦……可是……因為……羅莎莉雅小姐是綠色……」

「即使是橘色公會，也有很多並不是所有人都是犯罪者顏色的情形。綠色成員負責在街上挑選目標並混入隊伍當中，最後再把隊伍誘導到埋伏地點。昨晚偷聽我們談話的，也是這傢伙的同夥。」

「怎……怎麼會……」

西莉卡愕然看著羅莎莉雅的臉。

「這……這麼說，這兩週妳加入那個隊伍的目的……」

羅莎莉雅再度浮現出彷彿有毒的笑容回答：

「妳說對了。我在評估那個隊伍的戰力，同時等待他們在冒險中獲得大量金錢，變成肥羊的時機啊。原本預定今天也要大幹一票的——」

她盯著西莉卡的臉，用舌頭輕舔嘴唇。

「因為最讓我期待的獵物，也就是妳跑掉了，害我還在想該怎麼辦，沒想到妳是要去取得稀有道具。『聖靈之花』現在可搶手了，行情高得很啊。收集情報果然很重要啊——」

話說到這裡停了一下，把視線移向桐人後聳了聳肩。

「不過啊，這位劍士大人，你明明知道這些事情，卻還蠻不在乎地陪著那孩子，你是笨蛋嗎？還是說，你真的被她用身體引誘了？」

羅莎莉雅的侮辱，令西莉卡感到視野幾乎染成一片紅色般的憤怒。就在她移動手臂準備拔出短劍時，肩頭被用力抓住。

「不，兩邊都不對。」

桐人的聲音依然冷靜。

「羅莎莉雅小姐，其實我也在找妳。」

「——這話怎麼說呢？」

「十天前，你在第三十八層襲擊了名為『銀色旗幟』的公會對吧？四名成員遭到殺害，只有會長成功脫逃。」

「……啊啊，那個貧窮隊伍啊。」

羅莎莉雅眉毛動都沒動一下便點頭回應。

「曾是會長的那個男人，每天從早到晚都在最前線的轉移門廣場，哭著尋找能夠幫他報仇的人。」

桐人的聲音包覆著一層令人毛骨悚然的寒氣，就像磨過的堅硬冰刃，將觸碰到的所有東西全都砍裂。

「不過，那個男人並沒有要求接受委託的我要殺了你們，只說希望可以把你們關進黑鐵宮的監獄——妳能理解那傢伙的心情嗎？」

「怎麼可能懂啦。」

羅莎莉雅一副嫌麻煩地回答。

「什麼嘛，幹嘛跟笨蛋一樣那麼認真啊！就算在這裡殺了人，也沒有那個人真的就這樣死掉的證據。所以，也不可能在回到現實後被當成犯罪，更何況連能不能回去都還不知道呢。滿口正義、法律之類的，別笑掉人家的大牙了。我最討厭這種把奇怪的道理帶進這個世界的傢伙了。」

她的眼神帶著殘暴的光芒。

「所以，你就把那個沒死成的會長說的話當真，一直在找我們？你還真是閒啊。我承認我確實因為你準備的餌而上勾了……但是啊，你以為區區兩個人會有什麼辦法……？」

嘴唇刻畫出殘虐的笑容。舉起的右手指頭，在空中迅速揮了兩下。

突然，延伸到對岸的道路兩側樹叢開始劇烈地搖晃，接著跑出一個接一個的人影。西莉卡的視野中連續出現幾個浮標，而且幾乎都是不祥的橘色，總數為——十。若是沒發現埋伏直接過橋，肯定會被完全包圍住吧。在一片橘色當中，有個唯一擁有綠色箭頭的人，那一頭針插般的尖聳髮型，一定是昨晚在旅館的走廊瞥見的那個人。

新出現的這十個盜賊，全是身上掛滿銀飾或副裝備，外表打扮華麗的男性玩家。他們臉上掛著不懷好意的笑容，並對西莉卡的身體投以黏膩的視線。

感到極度厭惡的西莉卡躲進了桐人的大衣後方，小聲說道：

「桐、桐人哥……他們人太多了，如果不逃走的話……！」

「沒事的。在我要妳逃走之前，妳只要準備好水晶在旁邊看就好了。」

桐人以平穩的聲音回答，然後輕拍西莉卡的頭，就往橋的方向邁開腳步走去。西莉卡呆站在原地。她心想，不管怎樣這都太亂來了，便再度大聲叫著：

「桐人哥……！」

當這陣叫聲響徹練功區的瞬間——

「桐人……？」

其中一名盜賊突然喃喃自語。他的笑容消失，眉頭深鎖，視線彷彿在搜尋記憶般游移著。

「那副打扮……持單手劍卻沒裝備盾……『黑衣劍士』……？」

男子的臉瞬間變得蒼白，並往後退了幾步。

「羅莎莉雅小姐，不、不好了。這傢伙……是從封閉測試一路玩上來的攻……攻略組……」

聽了男子的話，其餘的成員表情跟著僵硬起來。西莉卡也同樣感到驚愕。她呆望著站在前方的桐人那不算高大的背影。

雖然可以從至今的戰鬥中，推測出桐人是等級相當高的玩家。但西莉卡作夢也沒想到，他會是不斷挑戰最前線的未攻略迷宮，接連打敗魔王怪物的「攻略組」，真正的頂尖劍士之一。

明明聽說他們把心力全投注在攻略ＳＡＯ上，幾乎不曾下到中間樓層來——

羅莎莉雅在張口結舌了幾秒後，像回過神來般高聲喊道：

「攻、攻略組的人才不可能在這種地方閒晃！這傢伙肯定只是個用名號嚇唬別人的模仿者而已！何況——就算是真正的『黑衣劍士』，以我們的人數要對付一個人還不簡單！」

就像是要趁著這段話的氣勢，橘色玩家中站在前方的一名高大斧頭使跟著大叫：

「沒、沒錯！而且攻略組肯定擁有很多錢跟道具！這可是非常肥的獵物啊！」

在各自發出的同意聲中，盜賊們一同拔出了武器。無數的金屬閃耀著兇惡的光芒。

「桐人哥，不可能的，我們快點逃走吧！」

西莉卡緊握住水晶拚命叫著。就如同羅莎莉雅所言，就算桐人再強，面對這個人數眾多的對手也沒有勝算。不過桐人動也不動，甚至連拔出武器的打算都沒有。

將桐人的模樣解讀為放棄，除了羅莎莉雅與綠色玩家外的九名男子全都舉起武器、露出猙獰的笑容，爭先恐後地跑了起來。把短橋踩得喀喀作響地飛奔而過——

「喔啊啊啊啊！」

「去死——！」

將站在原地的桐人以半圓的陣勢圍了起來後，接二連三把劍與長槍往桐人的身上砍去。同時受到九發斬擊，令桐人的身體左右搖晃著。

「住手啊啊啊！」

西莉卡用雙手摀著臉大叫：

「拜託你們！住手！桐人哥會……會死的！」

然而男子們充耳不聞。

他們全都醉心於暴力中，有人高聲大笑、有人不停咒罵，同時不斷用武器砍著桐人。站在橋中央附近的羅莎莉雅，臉上浮現無法壓抑的愉快神情，舔著右手指頭醉心地看著這齣慘劇。

西莉卡擦去眼淚，手握短劍的劍柄。她知道就算自己衝過去也幫不了什麼忙，但就是無法繼續旁觀下去。就在她往桐人所在的方向踏出一步時——發現某件事而停下了動作。

桐人的ＨＰ條完全沒有減少。

不，正確來說，雖然因為受到不斷的攻擊，而一點一滴逐漸減少，但在幾秒後又急速回復到最右端。

不久，那群男子注意到眼前的黑衣劍士完全沒有倒下的跡象，浮現出困惑的表情。

「你們是在幹什麼！快點殺了他啊！」

在羅莎莉雅急躁的命令下，如雨般降下的斬擊又持續了幾秒鐘，但情況依舊沒有改變。

「喂……喂，這傢伙到底是怎麼回事啊！」

其中一人停下手部動作，露出像看見怪物般的扭曲表情退了幾步。因為這個人的反應，其餘的八個人也停止攻擊並拉開了距離。

沉默籠罩四周。站在中央的桐人緩緩抬起頭來，以平靜的聲音說道：

「——每十秒約四〇〇左右，這是你們九個人能給我的傷害總量。我的等級是78，生命值為一四五〇〇……加上戰鬥時回復技能每十秒會自動回復六〇〇，你們不論攻擊幾個小時都沒辦法打倒我。」

這群男人全都愕然地張開嘴巴呆站在原地。不久，似乎是副隊長的雙手劍劍士以沙啞的聲音說：

「哪有……哪有這樣的……這實在太誇張了吧……」

「沒錯。」

桐人丟出回答。

「只要增加一點數字，就會造成如此懸殊的差距。這就是等級制ＭＭＯ不合理的地方。」

像是被桐人那帶著難以壓抑的某種感情的聲音給壓制住，那群男子開始往後退，臉上的表情也由驚訝轉為恐懼。

「嘖！」

突然，羅莎莉雅先是一聲咂舌，接著從腰間掏出轉移水晶，並高舉到空中大喊：

「轉移——」

但她的話還沒說完，只覺得彷彿聽到呼的一道空氣震動的聲音，瞬間桐人已經站在羅莎莉

雅的面前了。

「什……」

桐人從全身僵硬的羅莎莉雅手中奪下水晶，就這麼抓住她的衣領，將她拖到橋的這一端。

「放……放開我！混蛋，你是想怎樣！」

仍舊不發一語地將羅莎莉雅丟到呆立的男子群中央後，桐人伸手往腰間的袋子探去，接著拿出一個藍色水晶。但這比轉移水晶的顏色還深。

「這是拜託我的那名男子用全部財產買來的迴廊水晶，設定的出口位置是黑鐵宮的監牢區。你們全部通過這個轉移到牢房去吧。之後會由『軍隊』那群人負責關照你們。」

就這麼坐在地上的羅莎莉雅咬著嘴唇，沉默了幾秒之後，紅色的嘴唇浮現出強硬的笑容並說道：

「——如果，我說不呢？」

「就把你們全都宰了。」

桐人這簡潔的回答，令她的笑容當場凍結。

「我是很想這麼說啦……若真是這樣，那我也只好動用這個了。」

桐人從大衣內側拿出一把小小的短劍。仔細觀察刀身，就會發現上面似乎沾著一層淺綠色的黏液。

「這是麻痺毒。等級5的毒素，足以讓你們無法動彈十分鐘。要把你們全部丟進迴廊，這點時間已經足夠了……要自己走進去，還是被我丟進去，你們就自己挑喜歡的吧。」

已經沒有人敢再逞強了。看到所有人都垂著頭不發一語，桐人收起短劍，高舉深藍色的水晶大喊：

「迴廊開通！」

「混帳……」

水晶霎時粉碎，前方的空間出現散發藍色光芒的漩渦。

第一個跳進去的，是垂頭喪氣的高大斧頭使。其餘的橘色玩家，有人一邊咒罵，有人則不發一語地消失在光芒當中。負責竊聽的綠色玩家也跟著進去，最後只剩下羅莎莉雅一個人。

就算同伴全都消失在迴廊當中，這名紅髮的女盜賊依然倔強地動也不動。她盤腿坐在地上，用挑釁的眼神往上看著桐人。

「……你想的話就試試看啊。要是傷到綠色玩家的我，你可是會變成橘色……」

羅莎莉雅的話才說到一半，桐人就再度揪起她的衣領。

「話先說在前頭，我可是獨行玩家，變成橘色一、兩天根本不算什麼。」

粗魯地撂下這番話，桐人便將盜賊騰空抓起，往迴廊走去。羅莎莉雅仍揮動著手腳反抗。

「等一下、住手，住手啊！拜託你！原諒我！不然這樣吧……你要不要跟我合組隊伍？以你的實力，不管哪種公會都……」

她的話沒能說到最後。桐人使盡力氣，將羅莎莉雅以頭朝前的姿勢丟進迴廊，當她的身影消失之後，迴廊也跟著放出刺眼的光芒消失。

四周恢復寂靜。

春天的草原上傳來小鳥的鳴叫及小河流水聲，數分鐘前的喧囂彷彿騙人般，回復風和日麗的景象。但是西莉卡依舊無法動彈。對桐人真面目的驚訝、犯罪者們消失後的安心，許多感情同時湧上胸口，讓她甚至無法開口。

桐人歪著頭，沉默地凝視呆站著的西莉卡一會，才總算輕聲說道：

「……西莉卡，實在很抱歉。結果把妳當成了誘餌。雖然我曾經想過，要把我的事情告訴妳……但是怕妳會害怕，所以就沒有提。」

西莉卡只能拚命搖頭。許多感情在心中如同漩渦般打轉。

「我送妳回城鎮吧。」

桐人說著準備邁開步伐。這時，西莉卡才對著他的背影發出聲音。

「那個——我的腳，動不了了。」

回過頭來的桐人微笑著伸出右手。在緊緊握住那隻手後，西莉卡總算能稍微露出笑容。

在回到第三十五層的風向雞亭前，兩人幾乎不發一語。想說的話明明很多，但西莉卡的喉嚨就像被小石頭堵住一樣說不出話來。

當他們來到二樓，進入桐人的房間時，窗口已經灑入夕陽的紅色光芒了。這時西莉卡總算是用顫抖的聲音，對如同黑色剪影般站在那道光輝中的桐人說：

「桐人哥……你要離開了嗎……？」

在短暫的沉默後，剪影緩緩點頭。

「嗯……我已經離開前線五天了，必須馬上回去進行攻略……」

「……說的也是……」

其實，西莉卡很想對桐人說，請帶我一起去。

但是她說不出口。

桐人的等級是78，自己的等級是45。差距為33——兩人之間的距離明確到足以稱為殘酷。就算跟著桐人到戰場上，西莉卡多半只會瞬間被怪物殺害吧。雖然登入了同一個遊戲，卻有著比現實世界更高更厚的牆壁，將兩人的世界分隔開來。

「…………我……我……」

西莉卡站在原地緊咬著嘴唇，拚命壓抑著那快要流洩而出的感情。那份感情就這麼轉化成兩行眼淚，不斷自臉頰滑落。

突然，西莉卡感覺到桐人的雙手輕輕放在自己的肩膀上，低沉穩重的細語聲也從身旁傳了過來。

「等級只不過是數字，這個世界的強大也只是單純的幻想，我們還有比這種東西更重要的事物。所以下次在現實世界碰面吧。這麼一來，我們又可以作朋友了。」

其實，她很想撲到眼前的黑衣人懷裡。但是在感到桐人的話語如同一股暖流般，滲入幾乎快破裂的內心後，自己不再奢求什麼了──這麼想著的西莉卡悄悄閉上眼睛，輕聲地說：

「好，一定喔──約好了喔。」

西莉卡拉開距離，抬頭看著桐人的臉。這時，她才總算能發自內心地露出笑容了。桐人也微笑著說：

「那麼，把畢娜叫回來吧。」

「好！」

西莉卡點點頭，揮動左手叫出主視窗，捲動道具欄將「畢娜的心」實體化。

把浮出視窗表面的水藍色羽毛放在茶几上，接著將「聖靈之花」也叫了出來。

用手拿起綻放珍珠色光芒的花朵，關起視窗後，西莉卡抬頭看著桐人。

「把囤積在花中的露珠灑在羽毛上，這樣畢娜就能復活了。」

「我知道了……」

看著水藍色的長羽毛，西莉卡在心中低語。

畢娜……我有好多、好多話要對你說。關於今天刺激冒險的事……還有幫了畢娜，當了我一天哥哥的那個人的事。

雙眼湧出淚水，西莉卡輕輕地將右手上的花往羽毛傾倒。

（完）

002-02

心的溫度

§ 艾恩葛朗特第四十八層

二〇二四年六月

巨大水車平穩地轉動著，那讓人心情平靜的聲音充滿了整間商店。

雖然只是間不大的職人等級用的玩家專屬房屋，但就因為這個水車，價值也跟著水漲船高。當我在第四十八層主街區「琳達司」的街道上發現這間屋子的時候，腦中瞬間浮現「就是這裡了！」的念頭，接著則是因為它的價格而驚訝不已。

從那之後，我就開始拚命工作，甚至從各方管道借錢，最後只花了兩個月就存滿目標金額的三百萬珂爾。若這裡是現實世界，我揮動鐵鎚的次數應該足以讓自己全身長滿肌肉，右手佈滿厚重的繭了。

這麼做總算有代價，我比幾名勁敵稍早一步拿到了證書，在這間附有水車的房子開了「莉茲貝特武器店」。這是在三個月前，還帶有涼意的春天發生的事情。

1

在水車匡啷匡啷的震動聲背景音樂下，我慌張地喝完早晨的咖啡——艾恩葛朗特裡有這個，實在是太好了——換上冶鍊商店的制服，並面對牆上的大鏡子整理儀容。

雖然說是冶鍊商店，但服裝的設計卻不是工作服，真要說的話，應該比較接近服務生的制服。暗赭紅色的泡泡袖上衣、同色的傘裙，上面再套著純白的圍裙，胸口別上紅色蝴蝶結。

這套服裝的設計師不是我，是身兼朋友與重要客人、跟我同年的女孩子。她是這麼說的：

「因為莉茲貝特有張娃娃臉，太正式的服裝一點都不適合妳啦。」我原本還覺得這根本是多管閒事！可是換了這套制服後，店鋪的營業額就上升了一倍——所以雖然並非我的本意，但從那之後就一直延用這套制服。

她建議的不只服裝，就連髮型也斤斤計較。我現在這頭嬰兒粉紅的輕柔短髮也是在她幾近威脅下訂製出來的。但是就周圍的反應看來，似乎也不是完全不適合我。

我——冶鍊商店老闆．莉茲貝特，剛登入ＳＡＯ時是十五歲。在現實世界就常讓人覺得比實際年齡小，而在來到這個世界後，這種傾向又變得更加強烈。映照在鏡中的我，有著粉紅色頭髮、深藍色大眼睛和小巧的口鼻，配上古典的連身圍裙後，更醞釀出如同洋娃娃般的氣息。

因為在另一邊的我是個跟流行絕緣的認真國中生，所以很難不感到隔閡。直至最近我才好不容易習慣了這個外表，但個性就是改不過來，對客人怒吼、使客人驚慌失措更是家常便飯。

確認沒有忘記裝備後，我走到店門口，將寫著ＣＬＯＳＥＤ的木牌翻過來。露出最燦爛的笑容面對在店外等著的幾名玩家，並大聲說出「早安，歡迎光臨」招呼他們。能自然地招呼客人其實也是最近才習慣的事情。

經營一家店是我從小就抱持的夢想。就算是在遊戲中，夢想與現實還是有很大的差距。招呼客人等服務業的難處，在以旅館為據點擺攤販售時，就已經嘗到討厭的地步了。

我自覺不擅長擺出笑臉，所以決定以商品品質來決勝負。所以很早就開始專心致力於提升武器製作技能的等級，就結果而言，這是個正確的選擇。自從在這裡開店後，就有很多固定的客人非常愛用我製作的武器。

大概都打過招呼後，就把接待客人的任務丟給ＮＰＣ店員，我則是躲進與賣場相鄰的工作室當中。因為一定要在今天完成的特製訂單，還有十件左右堆積在那裡。

拉起裝設在牆上的控制桿，以水車為動力的風箱開始往火爐送入空氣，旋轉磨刀石也跟著發出聲響。從道具視窗中取出高價的金屬素材，放入火紅燃燒的爐內，等溫度充分上升後再用鉗子夾起，放到鐵砧上。單膝跪在地上，拿起慣用的鐵鎚，在自動選單上指定要製作的道具後，接下來就只剩下在金屬上敲下固定的次數，製作出武器道具。這個作業並沒有什麼特殊技巧之類的，雖然完成的武器品質完全是由亂數決定，但相信敲擊時的氣勢會影響結果的我，還是一邊集中精神，一邊緩緩地舉起鐵鎚。就在準備向金屬素材敲下第一擊的瞬間——

「早安啊！莉茲！」

「哇啊！」

因為工作室的門突然打開，讓我的手整個偏掉。鐵鎚敲到的不是金屬，而是鐵砧的邊角，伴隨著丟臉的效果音蹦出火花。

抬起頭來，就看到闖入者搔著頭髮、吐出舌頭笑著。

「抱歉，我下次會多加注意。」

「妳這句台詞我已經聽膩了……算了，不是在開始敲擊後才這樣已經很好了。」

嘆了口氣起身，並重新把金屬放回火爐中後，我雙手叉腰轉過身去，看著那位身高稍微比我高的少女。

「……亞絲娜，早安。」

身為我的摯友，同時也是重要客人的細劍使亞絲娜非常自動地在工作室裡走動，往白木製的圓椅坐了下去，接著用指尖梳開長及腰間的栗子色秀髮。她的每個動作都像在拍電影一樣，就連認識她很久的我也不禁看得入迷。

我也往鐵砧前的椅子上坐了下去，並把鐵鎚靠在牆壁上。

「……所以，這麼早就跑過來，究竟是有什麼事？」

「啊，要麻煩妳處理這個。」

亞絲娜解開扣在腰間的劍鞘，把細劍連鞘一起輕輕丟了過來。我用單手接下，並稍微把刀身拔出。雖然因為不斷使用使得光芒變弱，但銳利度應該沒有降低。

「還不到不能使用的程度，要拿來打磨還太早了一點吧？」

「是沒錯啦，但是我希望可以保持閃閃發亮的樣子。」

「嗯？」

我重新審視亞絲娜。白布上印著紅色十字架的騎士服配上迷你裙，這打扮與平常沒有兩樣，但靴子像全新的一樣閃閃發亮，耳朵上甚至還戴著小小的銀製耳環。

「實在是很可疑啊。仔細一想，今天可是平日耶，公會的攻略預定怎麼樣啦？不是聽說第六十三層相當麻煩嗎？」

我這麼一說，亞絲娜便浮現出害羞的笑容。

「嗯──我今天請假，因為等一下跟人有約……」

「咦咦咦──？」

我不顧椅子被我弄得喀喀作響，直往亞絲娜逼近幾步。

「給我從實招來！妳要跟誰見面！」

「秘、秘密！」

臉頰微微染紅的亞絲娜撇過頭去。我交抱雙臂，深深地點頭說道：

「原來如此，才覺得妳最近莫名地開朗，原來是交到男友了啊。」

「才、才不是那麼回事哩！」

她臉頰上的紅暈又更明顯了。亞絲娜清了清喉嚨，然後用餘光看著我說：

「……我跟之前真的差很多嗎……？」

「這個嘛，我們剛認識時，妳不管睡著還是醒著，滿腦子都是攻略迷宮。我還在想妳會不會繃太緊了，可是從春天開始妳就稍微變得不一樣了。至少我實在無法想像之前的妳會翹掉平日的攻略活動。」

「是、是嗎……果然被影響了啊……」

「所以，是誰？我認識嗎？」

「妳應該……不認識吧……應該。」

「下次把人帶來讓我瞧瞧吧。」

「真的不是妳想的那樣啦！根本就還只是……單相思……」

「啥──！」

我這次可是打從心底嚇了一跳。亞絲娜不但是最強公會KoB的副團長，同時也是艾恩葛朗特前五名的美女，想追她的男人多如繁星，我作夢都沒想過會有她反過來倒追的一天。

「怎麼說呢，他可是個怪人啊。」

喃喃述說的亞絲娜陶醉地看著半空中，嘴角還露出微笑。這要是少女漫畫，用來襯托她的背景肯定是大量的花朵四處飛舞。

「該說是捉摸不定嗎……還是我行我素……而且還強得亂七八糟。」

「哎呀，比妳還強嗎？」

「強太多了，單挑對決的話，我連一分鐘都撐不了。」

「哦哦──這樣就可以把名單縮減到一定程度了。」

當我開始翻起腦中的攻略組名冊的瞬間，亞絲娜慌張地揮舞雙手。

「哇啊！不用想像啦！」

「好啦，我就衷心期待妳帶他來見我的那一天。不過要是有機會，就多幫我宣傳一下吧，拜託囉。」

「莉茲真的很努力推銷啊。我會幫妳介紹的──啊！糟糕，快點幫我研磨啦！」

「啊，是是，我立刻動手，妳就稍等一下吧。」

我拿著亞絲娜的細劍站了起來，往裝置在工作室角落的旋轉磨刀石移動。

從紅色劍鞘中拔出細劍。武器類別「細劍」，專有名「閃爍之光」，是我至今冶鍊出來的劍當中最高級的逸品之一。即使使用現在能取得的最高級材料，配合最高級的鐵鎚與鐵砧，因為數值完全隨機，做出來的武器品質也參差不齊，每三個月能打出一把這種劍就該偷笑了。

用雙手支撐住刀身，往緩緩旋轉的磨刀石送過去。研磨武器並不需要特殊的技術，只要抵著磨刀石一段時間就能完成。即使如此，我還是不想隨便做做了事。

從刀柄開始往前端仔細地滑動刀身。橘色火花伴隨著尖銳的金屬音飛散開來，同時銀色的光芒也逐漸甦醒過來。當研磨完成時，細劍也回復成被朝陽照射時會閃亮反射，甚至還有種穿透感的純銀色。

將劍完全收回鞘中，往亞絲娜丟了過去。同時用指頭接住她彈過來的一百珂爾銀幣。

「謝謝惠顧！」

「下次再請妳幫忙修理鎧甲——我還要趕時間，先走囉。」

亞絲娜起身，把細劍吊上腰間的劍帶。

「實在讓人很在意啊——我也跟妳一起去好了。」

「咦！不、不行啦！」

「哈哈哈，開玩笑啦，不過妳下次要帶他來喔。」

「有、有機會再說。」

揮了揮手，亞絲娜便逃跑般飛也似地奔出工作室。我嘆了口大氣，重新坐回椅子上。

「……真好。」

這突然脫口而出的台詞，讓我不禁露出苦笑。

來到這個世界一年半，個性生來就是直來直往的我，把熱情全投注在讓生意興榮上並一路走到現在。冶鍊技能幾乎都已經完全習得，還開設了自己的店鋪。最近似乎是因為找不到目標，有時也想要談談戀愛。

因為女性在艾恩葛朗特佔壓倒性少數，至今我也不是沒被人追過，但就是提不起勁來。果然還是由自己主動喜歡上的人比較好——我是這樣想的。所以就這層意義來說，我真的很羨慕亞絲娜。

「我也能觸發『華麗的邂逅』這種事件嗎？」

我邊說邊把頭搖得跟波浪鼓一樣，將這奇怪的想法甩開後站了起來。從火爐中取出燒得通紅的鑄塊重新放到鐵砧上。腦中想著這暫時就是我的戀人，同時高舉鐵鎚用力敲下。

響徹工作室的規律敲擊音總是能讓我的腦中變得一片空白。但只有今天，某種令我焦躁的東西怎麼樣也揮之不去。

那個男人來店裡光顧是隔天下午的事情。

我昨晚勉強把特製武器的訂單全部完成，因為睡眠不足而陷在擺設於店頭門廊的大搖椅上打瞌睡。

甚至還作了個夢，那是我小學時的夢。我雖然是個認真且文靜的孩子，但總是在午後第一節課感到愛睏，常在半夢半醒間被老師叫醒。

我很崇拜那個大學剛畢業的年輕男教師，所以覺得被他抓到自己打瞌睡是很丟臉的事，但我又很喜歡他叫人起來的方法。輕輕地搖動肩膀，同時用低沉又平穩的聲音──

「那個，不好意思打擾妳……」

「是、是！對不起！」

「嗚哇？」

在像上了發條般彈跳站起並大叫出聲的我面前，有個一臉驚訝且全身僵硬的男性玩家。

「咦咦……？」

我痴呆地環視周圍，這裡是並排著桌子的小學教室──才怪。有些過剩的行道樹、寬廣的石板路與環繞四周的水渠，以及鋪滿草坪的庭院。這裡是我的第二故鄉，琳達司的街道。

看來是很久沒有過地徹底睡糊塗了。咳了兩聲掩飾自己的不好意思後，向應該是客人的男子回打招呼。

「歡、歡迎光臨。找武器嗎？」

「啊，嗯、是的。」

就第一印象而言，實在不覺得他是個高等級玩家。年紀應該比我大一些，黑髮、同為黑色的樸素短衫及長褲、靴子，武裝只有一把揹在背上的單手劍。我店裡的商品幾乎都是要求高能力值的武器，所以我實在很擔心這名男子的等級夠不夠。話雖如此，我還是面不改色地帶他走進店裡。

「單手劍都在這個櫃子上。」

當我指出陳列量產武器展示品的櫃子後，男子便露出困擾的微笑說道：

「啊，那個，我想要的是特製武器……」

這讓我越來越擔心了。使用特殊素材製造的特製武器價格最低也超過十萬珂爾，若是在出示價格後讓客人發火或是嚇到，我自己也會很尷尬，所以怎麼樣都要避免這種情況。

「現在金屬的價格有點貴，所以費用也會跟著提高……」

雖然我這樣表示，但黑衣男子卻擺出一副這沒什麼的表情，還回了個令人吃驚的回答。

「妳不用在意預算，我只要妳做出至今最棒的劍就好。」

「…………」

我好一陣子只能呆呆地望著男子的臉，最後終於開口：

「……雖然你這麼說……但沒給我個具體的屬性目標值的話……」

我連語氣都變得有點顧不得禮儀了，但男子卻完全不在意地點點頭。

「說的也是。那……」

他取下用細劍帶吊在背後的單手劍，往我遞了過來。

「跟這把劍同等以上的性能，這樣如何？」

就外表看來，我並不覺得那是多了不起的武器。黑色皮革製的柄、同色的劍鞘。不過，就在我用右手接過來的瞬間——

好重！

差點就要掉到地上了。這個筋力要求值實在高到恐怖。身兼鐵匠與鎚矛使的我，筋力值也算相當高，但似乎還是無法揮動這把劍。

戰戰兢兢地拔出刀身，幾近漆黑的厚重刀刃反射著光芒。一眼就可以看出這是相當銳利的劍。用指尖輕點，將自動選單叫了出來。類別「長劍／單手」、專有名稱「闡釋者」，製作者名不存在。由此可知這東西不是出於同業的手。

存在於艾恩葛朗特的所有武器，大致可分為兩個種類。

一種是我們鐵匠製作的「玩家製造型」，另一種則是在冒險中獲得的「怪物掉落型」。因為鐵匠們自然而然對掉落物的武器不抱好感，無名或雜牌等揶揄名稱也就跟著橫行起來。

但我覺得這把劍在掉寶品中也是非常稀少的道具。一般來說，若將玩家製造的普通價格物，與怪物掉寶的一般出現物做品質上的比較，前者更勝一籌，但偶爾也會出現這種「魔劍」

——大概吧。

總之，這東西大大刺激著我的對抗意識。賭上我身為鐵匠的自尊，怎麼樣都不可以輸給掉寶品！

把重劍還給那名男子後，我取下一把掛在店鋪正後方牆上的劍。這是半個月前冶鍊出來，我目前的最高傑作。出鞘的刀身上帶有淡紅的光輝，看起來就像纏繞著火焰一樣。

「這是我目前製造出最好的劍，應該不會輸給那把劍才對。」

他不發一語地接過我遞去的紅劍，用單手揮了幾下後歪著頭說：

「稍微輕了點耶？」

「……那是因為使用了速度系的金屬……」

「嗯——」

男子擺出一臉適應不來的表情再度揮了幾次劍，最後看著我說：

「我可以測試一下嗎？」

「測試……？」

「嗯，耐久力。」

他拔出左手上的劍打橫放在櫃台上，站到前方擺出姿勢，右手緩緩舉起我的紅劍——

察覺到男子意圖的我慌張地說：

「等、等等，這麼做你的劍可是會斷掉喔！」

「斷了就表示它不夠格啦，到時再說吧。」

「太……」

我硬是把到嘴邊的「太亂來了」吞回肚子裡。把劍高舉過頭的男子，眼神帶著非常銳利的光芒。瞬間，刀身就被淡藍色的特效光包圍住。

「喝啊！」

趁著氣勢的一擊，劍以非常快的速度揮下。下一瞬間劍與劍互相敲擊，衝擊的聲響令店內的空氣為之震盪。炸開來的閃光過於炫目，讓我瞇起眼睛退了一步，就在這個剎那——

刀身完美地從中間斷成兩半飛了出去。

——我最佳傑作的刀身。

「嗚呀啊啊啊啊！」

我慘叫著往男子的右手飛奔而去，搶過留在他手上的下半截劍，拚命從各個角度觀察。

——不可能修復了。

當我下了這個判斷，更因此垂頭喪氣之後沒多久，剩下一半的劍也變成多邊形碎片四散消失了。在幾秒鐘的沉默後，我慢慢抬起頭來。

「你……你……」

我的嘴唇顫抖著，右手同時用力揪住男子的胸襟。

「你在搞什麼鬼啊！竟然把我的劍弄斷了！」

男子也表情僵硬地回答：

「抱、抱歉！我沒想到會是發動攻擊的劍斷掉……」

……瞬間，一把火冒上來。

「所以你的意思是，我的劍比你想像中的還要不堪一擊？」

「咦——啊——嗯、大概、就是這樣吧。」

「啊！竟然還承認了！」

放開男子的衣服，兩手叉腰挺胸說道：

「我話先說在前頭！如果有材料的話，能簡單砍斷你那把劍的武器，要幾把我都冶鍊得出來！」

「——喔喔。」

聽了我順勢吼出來的話，男子露出不懷好意的笑容。

「那我就鄭重拜託妳嘍，做出一把可以簡單砍斷這把劍的傢伙。」

看著他從櫃台拿起黑劍收回鞘中，我的血液也跟著全部往腦袋衝——

「既然你都這麼說了，我就陪你玩到底！先去找金屬素材吧！」

想到「啊，糟了。」的時候，話已經脫口而出，不過我也沒有退路了。男子挑了挑眉，用肆無忌憚的眼神觀察我好一陣子。

「……這倒不必，我一個人去會比較好吧。我可不想被妳礙手礙腳。」

「唔呀——！」

這男人到底有多惹人厭啊。我不斷揮動雙臂，像個小孩般抗議。

「不、不要小看我！我好歹也是個熟練的鎚矛使！」

「喔喔——」

男子聞言便吹了聲口哨。根本完全把我當笑話看。

「既然如此，那就讓我瞧瞧妳的實力吧——總之，我先付妳剛剛那把劍的錢。」

「不必了！相反的，如果我做出比你的劍還強的武器，我可要好好敲你一筆！」

「請便，要多少錢我都會付給妳——我的名字是桐人，在妳做出劍之前請多指教。」

我交抱手臂，刻意撇過頭說：

「請多指教，桐人。」

「哇啊，直接省去稱謂了喔。算了，沒差啦，莉茲貝特嘛。」

「唔啊！」

——以隊友來說，這真是壞到不行的第一印象。

2

跟「那個金屬」相關的傳聞，大約十天前開始在鐵匠之間流傳。

ＳＡＯ中最終的大型任務自然是指突破到最上層。除此之外，還有其他大大小小種類繁多的任務。例如ＮＰＣ委託的任務、擔任護衛，還有尋找物品等，雖然任務內容廣泛，但因為報酬中有著令人滿足的道具，而且一旦有人完成後，就要隔好一段時間才能再觸發，其中甚至有只會出現一次的任務，所以非常受到玩家們的矚目。

這種任務其中之一，是在第五十五層角落的小村莊中發現的。某個擔任村長的白鬍子ＮＰＣ說——

有隻白龍棲息在西邊的山中，每天將水晶當食物吃下，並囤積大量經由肚子精製而成的貴重金屬。

這很明顯是個能得到武器素材的任務，所以立刻就有大隊人馬組成了攻略隊伍，輕鬆地討伐山上的白龍。

——然而，什麼都沒拿到。掉寶品只有少量的珂爾與窮酸的裝備道具，甚至連藥水跟回復水晶的費用都補不回來。

之後大家猜想金屬可能是採亂數掉落，所以許多隊伍與長老對話、觸發事件並把白龍打倒，但還是完全沒有出現。一星期內大家宰了不計其數的白龍，卻沒有任何一個隊伍得到金屬。最後有人提出一定是少觸發了什麼任務條件的意見，所以現在大家似乎正努力進行考證。

聽完我說的話，那個啜著我原本不想泡的茶，翹著二郎腿坐在工作室的椅子上，名叫桐人的男子回了「啊啊」一聲，並輕輕點了點頭。

「這件事我也有聽說過。確實是很有得到素材道具的可能啦。可是還沒有人得到過不是嗎？我們現在跑去真的能取得嗎？」

「各種傳聞中，有個內容是『隊伍裡面可能一定要有鐵匠』，因為有提升戰鬥技能的鐵匠沒幾個。」

「原來如此，那的確有嘗試的價值——既然如此，我們就快點出發吧。」

「…………」

我非常傻眼地盯著桐人的臉。

「真虧你這麼沒有危機意識還能平安活到今天。這又不是去狩獵哥布林，要是不好好募集隊伍成員……」

「但這麼做，就算目標物真的掉落了，也可能分不到吧？那隻白龍是第幾層的怪？」

「……第五十五層。」

「嗯——這樣我一個人應該就能搞定了，莉茲貝特不出手也沒關係喔。」

「……你到底是超級強者，還是超級笨蛋啊？算了，我沒差，反正看你邊哭邊轉移逃走好像也很有趣。」

呵呵地笑了笑，什麼話都沒回的桐人迅速喝完茶，把杯子往作業台一放。

「那麼，我隨時都可以出發，莉茲貝特呢？」

「啊——算了，反正你也沒打算加稱謂，叫我莉茲就好……白龍棲息的山範圍似乎不算大，可以當天來回的話，我稍微準備一下就好了。」

打開視窗，先在連身圍裙上裝備簡單的防具，確認慣用的鎚矛收進了道具欄後，再檢查身上的水晶跟藥水的數量是否充足。

我關掉視窗說了聲ＯＫ，桐人也跟著起身。從工作室來到店面一看，幸好現在一個客人都沒有，我便趁機將門口的木牌翻過來。

從玄關抬頭往外圍看去，透進來的陽光還相當燦爛，看來還要好一段時間天才會黑。不論是成功取得金屬還是失敗——怎麼想都覺得後者機率比較高——我想都不會太晚回家。

話雖如此。

——事情好像演變成有點奇怪的狀況……

走出店外，我一邊往轉移門廣場移動，一邊在內心仔細思考。

我對悠閒地走在身旁的黑衣男子絕對沒什麼好印象——應該。不但發言令人火大，還是個自以為了不起的自大狂，最重要的，還弄斷了我的傑作。

話是這麼說，我卻跟這個剛認識的男人並肩走在一起。而且還組了隊，準備出發到頗遠的樓層進行狩獵。這樣不就是——不就是約……

想到這裡，我硬是將思考停了下來。過去我從來沒碰過這種事。雖然有幾名感情不錯的男性玩家，但我一定會找各種理由避開兩人單獨出門的狀況。若要這麼做，第一個一起出去的，一定是自己主動喜歡上的人，我原本一直是這麼打算的。

然而等我回過神來，卻是跟這個奇怪的男人……這究竟是怎麼回事啊！

完全沒發現我內心的糾葛，桐人一看到轉移門廣場入口處的食物攤販，就直接往那裡衝了過去。當他回過頭來，嘴上已經咬著一根巨大的熱狗。

「粒烏黑透要吃嗎？」

……我的內心瞬間充滿無力感，更覺得剛才煩惱的自己根本像個笨蛋。於是我大聲回答：

「要！」

口感很脆的熱狗——正確來說，那是外表類似熱狗的謎樣食物——殘留在口中的濃厚味道還沒完全消失，我們就已經抵達第五十五層北側那個傳說中的村落。

而且在練功區遇到怪物時也沒發生任何問題。

考慮到現在的最前線是第六十三層，出現在這裡的怪物應該也算是強敵的類別。不過我的等級在65左右，而且說了大話的桐人也有差不多的實力，所以好幾場戰鬥幾乎都在無傷的狀況下結束。

唯一的失算，就是這個樓層的主題是冰雪地帶這件事——

「哈啾！」

當踏進小村落的圈內而放鬆下來的瞬間，我打了個大大的噴嚏。其他樓層的季節都是初夏，所以太大意了。這裡的地面不但積著雪，每間房子的屋簷還垂著巨大的冰柱。

這股彷彿連骨頭都能凍結的寒冷，讓我整個人喀噠喀噠地發起抖來。而站在一旁的桐人，則是擺出一副驚訝的表情問道：

「……妳沒有帶別的衣服嗎？」

「……沒有。」

接著，看來也沒穿很多的黑衣男子便操作起視窗，先將大件的黑皮革斗蓬實體化，然後往我的頭頂放了上來。

「……你自己不要緊嗎？」

「我說啊，這是意志力的問題。」

這男的真是每一句話都要惹人生氣耶。不過這件有毛皮襯裡的斗蓬看來很暖和，我無法抗拒它的魅力，立刻穿了起來。感覺不到冷風的瞬間，著實讓我鬆了口氣。

「好了……哪一間是長老的家呢？」

桐人這麼一說，我環視這小小的村落，發現中央廣場的對面有間屋頂特別高的房子。

「應該是那間吧？」

「應該吧。」

互相點了點頭，我們便邁開腳步。

——幾分鐘後。

我們如料想般找到了長滿白鬍子的村長ＮＰＣ，也成功觸發了對話。因為他的故事是訴說從漫長的兒童時期開始，經過青年、壯年期時的苦水，然後才唐突地提到棲息在西邊山脈的白龍這種拐彎抹角的廢話，等他全部講完時，夕陽已經完全籠罩整個村莊了。

我們筋疲力盡地離開村長家。覆蓋住所有房子的雪被夕陽染成橘色，這幅景象實在美不勝收，不過——

「……沒想到光是觸發事件就花了這麼多時間……」

「受不了……怎麼辦？等明天再挑戰？」

轉頭與桐人對看。

「嗯——不過也有聽說白龍是夜行性的啊。是那座山吧？」

往他指的方向看去，就看到不遠處聳立著一座陡峭的白色山峰。雖說如此，在艾恩葛朗特構造的限制下，高度絕對不會超過一百公尺，所以爬上山頂應該不是什麼多難的事。

「也是啦，出發吧。反正我也想早點看到你哭的樣子。」

「妳才不要被我華麗的劍術給嚇到腿軟咧。」

原本面對面的兩人哼了一聲便轉過身去。不過，該怎麼說，明明在跟桐人互相鬥嘴，我的心裡卻開始感到有些小鹿亂撞——

我用力搖了搖頭，把沒營養的想法重置後，便踏著雪走了出去。

白龍棲息的山脈遠看時相當險峻，真的開始攀登時卻毫不費力就爬了上去。仔細想想，至今許多混合隊伍都毫無困難地登頂成功，難度本來就不可能太高。雖然跟時間也有關係，在會出現的怪物當中最強的，只有名為「霜之骸骨」的冰製骷髏。何況骸骨系的怪物完全不是我鎚矛的對手。我就這麼敲出鏘鏘的清脆聲響同時不斷擊倒敵人。

在堆滿雪的路上走了幾十分鐘，轉進陡峭的冰壁，就抵達了山頂。

上層的底部看來距離很近。到處聳立著突破積雪的巨大水晶柱。夕陽的紫光不規則反射而發出七彩光芒，這幅景色只能用夢幻一詞來形容。

「哇啊……！」

不禁發出歡呼的我正準備跑出去時，卻被桐人一把抓住衣領。

「唔咕……你在幹嘛啊！」

「喂，妳先準備好轉移水晶。」

面對那過度認真的表情，我只能乖乖點頭答應。我將水晶實體化，並放進圍裙的口袋裡。

「還有，接下來會很危險，所以由我一個人出面就好。只要白龍一出現，妳就躲到那邊的水晶後面，絕對不要出來。」

「……什麼嘛，我的等級明明就還滿高的，我也要幫忙。」

「不行！」

桐人那黑色的瞳眸直視著我的眼睛。在眼神相交的瞬間，我了解到這個人是打從心底擔心我的安危，因此屏住氣息當場呆立。我什麼話都沒回，只是再次點了點頭。

露出笑容的桐人拍拍我的頭，說了聲「那麼，走吧。」而我只能不斷用力點點頭。

總覺得突然連氣氛都整個改變了。

會跟桐人一起跑來這裡，要說是想轉換心情呢？還是順勢而為——總之，我完全沒有意識到這是要賭上生命的戰鬥。

何況我升級的經驗值本來就有一半以上來自製作武器，根本不曾去過毫不容情的戰場。但我覺得這個人不一樣。他有著每天都在充滿危機的地方戰鬥的人才會有的眼神。

抱著混亂的心情走了一會，立刻抵達山頂的中央。

迅速看了看四周，沒有發現白龍的蹤影。不過看到了那個被水晶柱圍起來的空間——

「嗚哇……」

開了個直徑少說有十公尺的巨大洞穴。表面結冰而閃閃發亮的壁面垂直向下延伸，深處更覆蓋著令人看不見底部的黑暗。

「好深啊……」

桐人用腳尖將一小塊水晶碎片往洞穴踢了下去。掉下洞穴的碎片反射出的小光點立刻消失不見，而且連個回音也沒有。

「……妳可不要掉下去啊。」

「才不會咧！」

在我嘟起嘴唇回話沒多久，一陣像是猛禽的尖銳叫聲，將被最後一抹夕陽染成藍色的空氣撕裂開來，響徹整個冰雪山頂。

「躲到那後面！」

桐人指著附近的大水晶柱，用命令的語調說著。我慌忙照他的話做，對著桐人的背影比手畫腳大喊：

「那個……白龍的攻擊模式是雙手的鉤爪、冰凍吐息和暴風攻擊……你、你要小心喔！」

很快地補上最後那句話，便看到桐人保持背對著我這種耍帥的姿勢，揮出豎起拇指的左拳。他前方的空間幾乎同時晃動起來，巨大的物件跟著如滲透般湧出。

局部粗大的多邊形接二連三凹凸不平地不斷出現。隨著那些多邊形一一接合，情報也跟著逐漸成形的外表而增加，最後巨大的身軀幾乎完成——才剛能辨識外貌，令人全身顫抖的吼聲再度響起。無數的碎片往四方飛散，接著閃著光芒蒸發消失。

出現的是鱗片如冰塊般閃耀的白龍。牠緩緩拍動著巨大的翅膀懸停在空中。那個姿態令人感到恐懼——其實用非常美麗來形容會更合適。牠瞪著那紅玉般的大眼睛，居高臨下睥睨著我們。

桐人以冷靜的動作把手伸向背後，高聲拔出漆黑的單手劍。接著，那個聲音彷彿信號般，白龍張開了牠大大的下顎——伴隨硬質的音效，噴出閃著白光的氣體洪流。

「是吐息！快點閃開！」

我不禁如此大叫，但桐人卻一動也不動。他直挺挺地站著，右手劍尖朝上並將手往前伸。

那麼細的武器怎麼可能擋得住吐息攻擊——我才剛這麼想，劍就以桐人的手為中心，開始像風車般旋轉起來。從包覆著淡綠色的特效光判斷，那應該是劍技的一種。沒多久，旋轉的速度快得看不見刀身，外表看來就像是光做成的圓盾。

冰的吐息從正面往光盾襲擊過去，發出炫目的純白閃光，讓我不禁別過頭去。不過，冷氣洪流打在桐人用劍做出的盾牌上，就像被吹散般擴散、蒸發。

我連忙凝視桐人的身體以確認他的ＨＰ條。可能因為沒辦法完全擋下吐息，他的生命值正一點一點往左邊減少。但令人驚訝的是，那些損傷在經過幾秒後又立刻回復了。這應該是超高等級戰鬥技能中的「戰鬥時回復」──然而，想讓這個技能的等級上升，就必須在戰鬥中持續受到很大的傷害。以現實層面考量，這個技能根本不可能安全修行。

他──到底是誰……？

事到如今，我才開始努力思考這名黑衣劍士的身分。實力如此堅強，只會讓人聯想到是攻略組玩家。但是以ＫｏＢ為主的頂尖公會人員名單中，並沒有這個名字。

這時，算準吐息攻擊結束的桐人有了動作。他踏出爆炸般的雪塵，往停在半空中的白龍撲了過去。

一般來說，面對飛行的敵人時，理論上都是先使用戰戟系或投擲系，這種攻擊範圍較長的武器將對方拖到地面後，攻擊範圍較短的成員才跟著加入戰局。但桐人卻令人驚訝地飛到幾乎快碰到白龍頭頂的地方，接著在空中發動單手劍連續技。

發出鏘鏘尖銳的聲音，桐人的攻擊以眼睛根本跟不上的高速不停往白龍身上招呼。雖然白龍也用左右手的鉤爪應戰，但效果實在差太多了。

當桐人經過漫長的滯空重新落到地面時，白龍的ＨＰ條已經減少了三成以上。

——單方屠殺。看著這讓人不敢相信的戰鬥場面，讓我不禁背脊發冷。

雖然白龍瞄準落地的桐人噴出冰凍吐息，但他這次用衝刺進行閃避後再度跳起。隨著重低音響起，單發的重攻擊也接連擊中目標，這時白龍的生命值也大規模地減少。

ＨＰ條立刻從黃色變成紅色，應該再進行一、兩次攻擊戰鬥就會結束了。我決定這次就率直地誇讚桐人的實力而站起身來，從水晶柱後面踏出一步。

這個瞬間，桐人彷彿背後有長眼睛似的，突然大叫：

「笨蛋！還不要出來啊！」

「什麼嘛，明明就要結束了不是嗎，快點解決……」

當我高聲回話時——

飛得比原來更高的白龍將雙翼大大展開。兩隻翅膀在身體前方拍打的同時，白龍正下方的積雪「砰！」的一聲飛舞起來。

「……？」

在不禁呆立現場的我前方數公尺處，將單手劍刺入地面的桐人像是要對我說什麼似地動著嘴，但他的身影立刻被雪塵掩蓋。下一瞬間，我在空氣障壁的撞擊下被輕輕鬆鬆吹到半空中。

糟糕……是暴風攻擊！

在空中翻滾時，我才想起了剛剛從自己口中說出的白龍攻擊模式。不過很幸運的，這可說沒什麼攻擊力，所以我幾乎沒有受到傷害。我張開雙手，擺出著地姿勢。

然而——在雪塵散開後的前方，沒有地面存在。

是山頂上的巨大洞穴。我被吹到那個洞穴的正上方了。

思考瞬間停止，身體也整個凍結。

「騙人……」

我在無意識中只能喃喃說出這句話，右手徒然往空中伸出去——

——一隻戴著黑皮革手套的手，緊緊抓住了我的指頭。

我大大地睜開幾乎失焦的雙眼。

「…………！」

在遙遠的地方跟白龍對峙的桐人以驚人的速度奔馳而來，毫不猶豫地往空中縱身躍起，並用左手抓住了我的手，就這樣把我拉到他的懷裡。然後將放開的手臂環繞到我背後，緊緊地抱住我。

「抓緊了！」

我聽著桐人那在耳邊響起的吼聲，並且忘我地用雙手抱住他的身體。下一瞬間，兩人開始墜落。

在巨大洞穴的中央，我們兩個人抱在一起直直往下掉落。耳邊風聲大作，斗篷也啪噠啪噠地翻飛。

若是這個洞穴延伸到樓層表面，從這個高度掉下去肯定會死。這個想法掠過腦袋，但我怎麼也不覺得是現實中發生的事，只是呆滯地看著那逐漸遠去的白光圓圈。

突然，桐人握著劍的右手動了起來。先是用力往後舉起，接著向前方揮了出去。光芒伴隨「鏘啉！」的一聲金屬音飛散開來。

強大突進技的反作用力改變了我們落下的角度，往洞穴的壁面彈去。藍色的冰壁眼看著漸漸逼近，我不由得咬緊牙關。要撞上了——！

就在差點撞上去前，桐人再度舉起右手上的劍，全力往壁面刺了過去。就像武器與旋轉磨刀石接觸時一樣，激烈的火花飛散而出。這瞬間的衝擊使得落下的速度減緩下來，但還是沒辦法停住。

彷彿切開金屬的聲音不斷響起的同時，桐人的劍正削著冰壁。我轉動脖子往落下的方向看去，已經能看見積滿白雪的穴底了。眼看著越來越靠近，只剩不到幾秒就要撞上去了。我心想至少不要發出慘叫而拚命咬住嘴唇，並用力抱住桐人。

桐人將手上的劍放開，用雙臂緊緊抱住我，並旋轉身體使自己位於下方。接著——

衝擊。巨響。

順著爆發之勢飛起的雪花輕輕飄落在臉頰上，接著消失。

那股寒冷將飛散的意識拉了回來。睜開眼睛，在非常近的距離下跟桐人的黑色眼睛視線相交。

桐人依舊緊緊抱住我，僵硬地揚起一邊嘴角微弱地笑了。

「……還活著啊。」

我也輕微地點了點頭，出聲回答：

「嗯……還活著。」

數十秒——也有可能是數分鐘，我們動也不動地保持這個姿勢躺在那裡。桐人身上傳來的熱氣讓人整個放鬆下來，腦袋也一片空白。

不久，桐人放開了手臂慢慢站起身來。先將掉在附近的劍撿了起來收回鞘中，接著從腰間的袋子拿出應該是高級回復藥水的小瓶子，還拿了一瓶給我。

「好歹還是喝了吧。」

「……嗯。」

我點著頭坐起上半身接過瓶子，並確認自己的ＨＰ條。我還剩將近三分之一，但直接撞上地面的桐人則已經進入紅色區域了。

我拔開瓶蓋，把酸甜的液體一口氣喝完後，往桐人的方向轉過身去。保持有點隨便的坐姿，我動起還不太能好好說話的嘴唇。

「那個……謝、謝謝你救了我……」

桐人微弱地露出一如往常的冷笑回答：

「要道謝還太早了。」

將視線往上空一瞥。

「……白龍沒有追來是謝天謝地，但現在要怎麼做才能離開這裡呢……」

「咦……用瞬間轉移就可以了啊？」

我伸手探進圍裙的口袋，把閃著藍色光芒的轉移水晶抓出來給桐人看。可是——

「應該沒用，這原本就是要讓玩家掉落的陷阱，我不覺得能用那麼簡單的手段逃出去。」

「怎麼這樣……」

桐人用視線示意我實際試試看，於是我緊握住水晶說出命令：

「轉移！琳達司！」

——我的叫聲空虛地在冰壁上造成迴音，最後消失。水晶只是無言地發出閃光。

桐人不動聲色地輕輕縮著肩膀。

「要是我確定可以使用水晶，剛剛在墜落的時候早就用了。因為這裡感覺很像水晶無效化空間……」

「…………」

我失望地垂下頭去，桐人把手輕放到我頭上，還把我的頭髮摸得亂七八糟。

「好啦，別那麼沮喪。不能使用水晶，就表示一定還有別的方法可以從這裡離開。」

「……很難說吧，這可能是以讓掉下來的人百分之百死亡為條件的陷阱耶……應該說，通常已經死了吧！」

「原來如此，說的也是。」

看到桐人輕易地點頭同意，讓我再度感到全身無力。

「你……你這個人啊！能不能有精神一點啊！」

看到我不禁吼出聲，桐人露出了笑容說道：

「莉茲還是比較適合生氣的表情，就是這股氣勢！」

「什……」

我的臉不知不覺間紅了起來，而且身體僵硬。桐人把手從我頭上拿開，並站起身來。

「接下來就開始做各種的嘗試吧……點子募集中！」

「…………」

對於桐人那就算遇到這種狀況依然我行我素的態度，我只能露出苦笑。覺得自己也稍微提振起精神後，我啪的一聲用雙手拍了自己的臉頰，跟著站起身來。

環視周圍，這積著薄薄的雪、還算平坦的冰地板確實是洞穴底部。直徑應該與洞口相同，大約十公尺左右。經由冰壁反射進來的夕陽餘光，從又高又遠的入口處無力地照了下來，但應該立刻就會完全被黑暗包圍。

看來不論是地面還是周圍的牆壁，全都沒有像是可以離開的通路。我把雙手叉在腰間，拚命地動著頭腦，接著將最先浮現的點子說出口：

「那個……找人來幫忙呢？」

「嗯——這裡算是迷宮吧？」

遭到桐人簡潔地否決掉。

雖然跟登錄在朋友名單上的玩家，例如亞絲娜，有類似郵件、名叫友人訊息的聯絡手段，但是這個機能無法在迷宮中使用。附帶一提，也無法追蹤對方位置。慎重起見，我還是開啟訊息視窗來看了一下，但就如桐人所言無法使用。

「那……大聲呼叫來狩獵白龍的玩家呢？」

「這裡距離山頂大約有八十公尺……聲音應該傳不上去……」

「是嗎……喂！你也好好想想辦法啊！」

當我因為意見不斷被打回票而有點動怒地回嘴後，桐人就說出了非常不得了的發言。

「順著牆壁跑上去吧。」

「……你是笨蛋嗎？」

「是或不是，試了就知道……」

在我驚訝的視線下，桐人先是往牆壁靠到最近，接著突然以非常快的速度朝另一邊牆壁飛奔而去。積在地板上的雪花激烈地飛起，強風也打到我的臉上。

就在快撞上牆壁時，桐人瞬間低下身去，隨著跟爆炸一樣的聲響往上跳起，在又高又遠的牆上立足後，就這樣斜著往上方跑去。

「怎麼可能……」

距離目瞪口呆地站在那裡的我遙遠的上方，桐人跟美國拍攝的三流電影中的忍者一樣，在冰壁上呈螺旋狀往上奔馳。他的身影眼看著越來越小——在爬到約三分之一的高度時，腳一滑跌了一跤。

「哇啊啊啊啊！」

桐人啪噠啪噠揮著手臂，對準我的頭頂掉落下來。

「哇啊啊啊！」

我尖叫著往後退開。下個瞬間，「砰！」的一聲，就在我剛剛站著的地方撞出了一個人型凹洞。

一分鐘後，與喝完第二瓶回復藥水的桐人並肩靠牆坐著的我，忍不住嘆了口大氣。

「——雖然我一直覺得你是笨蛋，但沒想到竟然會笨到這種地步……」

「助跑距離再長一點就爬得上去了啦。」

「……才沒這回事咧。」

我輕聲嘀咕著。

把喝乾的瓶子往袋子扔的桐人無視我的吐嘈，用力伸了個懶腰後開口：

「嗯，總之天色也暗了，今天就在這裡露宿吧。幸好這個洞穴似乎不會出現怪物。」

確實，夕陽的顏色已經完全退去，深不見底的黑暗完全包圍著洞底。

「也是……」

「既然決定了就……」

桐人打開視窗，移動手指，開始把各種東西一個接一個實體化。

大型露宿用提燈、鍋子、幾個神秘的小袋子，以及兩個馬克杯。

「……你一直隨身攜帶這些東西？」

「在迷宮徹夜未歸可是家常便飯啊。」

他擺出認真的表情回著話，看來不是在開玩笑，並點擊提燈點火。啵的一聲，明亮的橘色光芒照耀四周。

將小小的鍋子放在提燈上，桐人先拿起雪團丟了進去，接著又把裝在小袋子裡的東西全倒下去。蓋上鍋蓋，連點兩下鍋子，倒數料理等待時間的視窗便浮現出來。

不久，香草類的芳香傳進了我的鼻子。仔細想想，中餐根本只啃了一根熱狗。我現實的胃就像清醒過來一樣，開始強烈主張自己餓了。

伴隨砰的效果音，計時器也跟著消失。桐人拿起鍋子，把裡面的東西倒進兩個杯子裡。

「我料理技能的熟練度是零，所以別期待味道啊。」

「謝謝……」

接下遞過來的杯子，一股溫暖慢慢在雙掌間擴散開來。

雖然只是用香草跟肉乾簡單做成的湯，但食材道具似乎很高級，味道真是好得不得了，溫暖漸漸滲透冰冷的身體。

「真是……奇妙的感覺……好不真實……」

我喝著熱湯輕聲嘀咕。

「像這樣……在沒來過的地方，跟初次見面的人坐在一起吃著飯……」

「是嗎……因為莉茲是職人嘛。闖蕩迷宮時，跟遇到的玩家組成野團露宿的狀況可是屢見不鮮呢。」

「嗯——這樣啊……再多講一些關於迷宮的事嘛。」

「咦、嗯、好吧，我是不覺得多有趣啦……啊！在那之前……」

桐人動手回收兩個空掉的杯子，和鍋子一起收進視窗。接著又繼續操作，這次拿出的是兩塊大布塊。

從攤開後的模樣看來，應該是露宿用的攜帶式床鋪。外表跟現實世界裡的睡袋很像，但是非常大。

「這可是高級品喔，隔熱效果絕佳，還附有對主動怪物用的隱蔽效果。」

他笑著丟了一個過來。我接住後在雪地上攤開，發現這東西大到足以裝進三個我。我再度驚訝地說：

「虧你可以帶著這種東西到處跑，而且還兩個……」

「要徹底利用道具持有容量嘛。」

桐人迅速解除武裝，鑽進左邊的攜帶床鋪中。我也跟著解除了斗蓬跟鎚矛，把身體滑進袋狀的布團中。

不愧是他得意的道具，裡面確實很溫暖，而且還比看起來要輕盈柔軟。

我們之間放著提燈，各自躺在相隔大約一公尺的地方。不知為何——我感到有些害羞。

彷彿要驅散這股害羞，我開口說道：

「欸，繼續剛剛的話題吧。」

「啊啊，嗯……」

桐人將兩隻手臂交叉放到頭後面，接著開始娓娓道來。

在迷宮區踩到ＭＰＫ——刻意聚集怪物以襲擊其他玩家的惡質犯罪者——陷阱時的事。面對攻擊力雖低但異常堅硬的魔王怪物，大家輪流小睡、連續戰鬥整整兩天的事。為了分配稀有道具而舉辦的百人擲骰子大會的事。

每個故事都很刺激、令人痛快，有時也有些滑稽。而且，所有的故事都明確地指出，桐人是不斷在最前線戰鬥的攻略組成員之一。

然而，如果是這樣——這個人的肩上可以說背負了數千名玩家的命運。應該不是可以為我這種人付出性命的人。

我轉過身看著桐人的臉，那反射著提燈光芒的黑色眼睛看了我一眼。

「那個……桐人，可以問你一件事嗎……？」

「——怎麼突然那麼慎重？」

「那個時候，為什麼要來救我……？又不是保證一定能得救，不對……應該說你也一起死掉的機率還高得多，可是……為什麼……」

桐人的嘴角瞬間微微僵住。不過又立刻和緩下來，用平穩的聲音回答。

「……比起對人見死不救，那還不如一起死了算了。而且對象又是像莉茲這種女孩子。」

「……你真是笨蛋耶，不會有像你這樣的傢伙了。」

嘴上這麼說著——眼眶卻不禁滲出眼淚。我努力地否定自己的內心深處緊緊地揪成一團。

這種老實到不行又直接的溫暖話語，在來到這個世界之後還是第一次聽見。

不對——即使在原本的世界也不曾聽過。

這幾個月來持續留在我內心深處，不斷刺痛我的那股想多與人接觸的心情與寂寞的感覺，突然變成大浪侵襲著我。我想要以能接觸到內心的距離，更直接地確認桐人的溫暖——

無意識中，簡短的話語從我口中流洩而出：

「欸……握住我的手。」

將身體轉向左邊，從攜帶床舖中伸出自己的右手，往旁邊伸過去。

桐人微微睜大了黑色眼睛，不久便小聲地答了一聲「嗯」，然後戰戰兢兢地伸出左手。在指尖相觸的瞬間，兩人都先縮了一下，接著才再度握住。

用力緊緊握住的桐人的手，比剛剛裝了湯的馬克杯還要溫暖許多，手的下方明明接觸著結冰的地面，但我完全沒有意識到那股寒氣。

是人的溫暖啊……我這麼想著。

來到這個世界以後，時常盤據在我內心一隅的那股渴望，我現在似乎終於了解它的真面目了。

因為這裡是虛擬的世界——真正的身體被放置在遙遠的地方，不論我怎麼伸手都無法觸及，因為害怕意識到這件事，所以我不斷訂定目標，全心投入工作當中。不斷告訴自己磨練冶鍊的技術、讓店鋪更繁榮就是我的現實生活。

但是在我的內心深處，仍然覺得這一切都是假的，只是單純的檔案。我渴望著真正的人的溫暖。

當然，桐人的身體也是檔案的構成物。現在包圍住我的溫度，只不過是電子訊號讓我的腦產生溫暖的錯覺。

但是，我終於了解到那根本不是問題所在。感受對方的真心——不論在現實世界或這個虛擬世界，只有這點是唯一的真實。

緊緊握著桐人的手，我面帶微笑閉上了眼睛。

心臟跳得比平常快，但很可惜的，睡意卻早早就降臨，將我的意識帶往舒服的黑暗當中。

3

清爽的香氣輕飄飄地掠過鼻子，慢慢睜開眼睛，看見白色的光芒充斥整個世界。經由冰壁反射了好幾層的朝陽，將積在洞穴底部的雪照得閃閃發亮。

轉動視線，發現提燈上放著茶壺，而且還不斷飄著蒸氣。看來這就是香氣的來源。提燈前坐著一個從這個角度只能看見側臉的黑衣人。一看到那個人影，我的內心就彷彿點起了小小的火焰一般。

桐人轉過頭來，露出小小的微笑說：

「早啊。」

「……早。」

我也跟著回話。準備起身時，才發現原本擺在外面的右手，已經好好地放回攜帶床鋪當中了。將彷彿還殘留在掌中的那股溫暖往嘴唇輕觸後，我用力起身。

桐人將冒著熱氣的杯子往爬出床鋪的我遞了過來。道了謝接過之後，我在他的身邊坐了下來。裝在杯子裡的是以前沒有喝過帶有花與薄荷香氣的茶。一口接著一口慢慢喝下，內心都暖了起來。

我挪動身體，正好與桐人的身體靠在一起。轉過頭去，兩人的視線便在一瞬間相交，但又立刻撇開來。好一段時間，只有兩個人啜著茶的聲音。

「欸……」

終於，我將視線放在杯子上小聲嘀咕著。

「嗯？」

「……要是就這樣無法從這裡離開，該怎麼辦？」

「每天睡覺混日子。」

「你回答得真乾脆啊！再多想一下嘛！」

我笑著用手肘戳了戳桐人的手臂。

「……不過，這樣也不錯……」

說完，準備把頭往桐人的肩膀靠過去時——

「啊……？」

桐人突然叫了一聲並往前探了出去，害得失去支點的我整個人倒在地上。

「你幹嘛啦！」

我在挺起上身的同時發出抱怨，但桐人頭也不回地直接站了起來，就這樣往圓形洞底的中央跑了過去。

一頭霧水的我也跟著站起來，往他身後追了過去。

「到底怎麼了？」

「啊，只是有點……」

桐人跪在地上，開始用雙手撥開積雪。隨著嚓沙嚓沙的聲音，挖出了一個深洞。接著——

「啊！」

一道銀色的光芒突然射進我的眼睛，有某個東西在積雪的深處反射著朝陽閃閃發亮。

桐人挖出那個東西，用雙手緊緊抓住並站了起來。我也興致勃勃地從非常近的距離觀察。

那是個透明的白銀色長方形物體，比桐人的雙掌更大一些。那是我非常熟悉的形狀和大小的商品——金屬素材。但這種顏色我還不曾看過。

我動起右手的指頭，輕輕點擊金屬的表面。自動視窗立刻浮現出來，道具名稱是「水晶石英鑄塊」。

「這——該不會是……」

往上看著桐人的臉，他也一副搞不清楚的表情點了點頭。

「嗯……應該是我們要找的金屬啊……」

「可是，怎麼會埋在這種地方啊？」

「嗯……」

桐人一邊仔細觀察用右手手指抓住的鑄塊一邊思考著，突然輕輕「啊……」了一聲。

「……白龍吃下水晶……在腹中精製而成……哈哈，原來如此！」

他像是想通什麼似的笑了出來，並把金屬往我這邊丟了過來。我慌張地用雙手接住，將它緊抱在胸前。

「到底是怎樣啦！不要自己想通就算了！」

「這個洞穴不是陷阱，是白龍的巢。」

「咦、咦咦？」

「那個鑄塊其實是白龍的排泄物，也就是糞。」

「糞……」

我的臉頰抽搐，同時將視線落在懷中的鑄塊上頭。

「嗯！」

接著不由得往桐人那裡丟了回去。

「喔！」

桐人非常靈巧地用指尖將它彈了回來。我們像小孩一樣互相丟來丟去，最後是桐人迅速開啟道具欄，敏捷地將鑄塊收起來才告一段落。

「好啦，無論如何我們的目標都達成了，接下來就是……」

「如果能離開這裡……」

兩人互看了一眼，嘆了口氣。

「總之只能先把想到的方法一個個試試看了。」

「也是啦。啊～要是跟白龍一樣有翅膀……」

話還沒說完，我就因為想到了一件事而張著嘴說不出話來。

「……莉茲，怎麼了嗎？」

轉身面向歪頭看著我的桐人。

「欸，你剛剛說這裡是白龍的巢對吧？」

「是啊。既然有糞便那就應該……」

「那個怎樣都好啦！白龍是夜行性，那天亮之後不就會回來巢穴嗎……」

「…………」

與沉默的桐人對看一會，接著兩人同時抬頭往空中，也就是洞穴入口看去。沒想到就在這個瞬間——

在又高又遠的圓形白色亮光中，一個黑影如滲透般出現。那個黑影眼看著越來越大。不久，就連一對翅膀、長長的尾巴、長有鉤爪的四肢都能看得一清二楚。

「出……出……」

我們一起往後退。當然，並沒有任何地方可以逃走。

「出現了——！」

我們同時大叫，並各自拔出武器。

往洞穴中急速降落的白龍，在確認我們的身影後先是尖銳地吼了一聲，接著懸停在快要碰到地板的地方。有著細長瞳孔的紅色眼睛，浮現出對侵入巢穴者明確的敵意。然而這狹小的洞底沒有任何可以躲藏的地方，我只能壓抑住緊張，緊握住鎚矛。

同樣握住單手劍的桐人站到我的面前很快地說：

「聽好了，躲在我的背後，生命值只要稍有減少，就要立刻喝下回復藥水。」

「嗯、嗯……」

這次我乖乖地點了點頭。

白龍大大地張開嘴，再次發出吼叫聲。翅膀捲起的風壓令雪花飛舞，長長的尾巴不斷拍打地面，將積雪挖出了深溝。

為了搶得先機，桐人舉起右手的劍準備突進。但是——不知為何他突然停止了動作。

「……啊……難道……」

低沉的聲音流洩而出。

「怎、怎麼了嗎？」

桐人沒有回答就把劍收回鞘中。接著突然轉過身來，用左手把我的身體抱了過去。

「嗯……」

「咦？」

搞不清楚狀況而陷入混亂的我，輕輕鬆鬆就被桐人扛到了肩膀上。

「等、等一下，你到底想——哇啊！」

隨著乒的一聲衝擊音，周圍的景色變得模糊。桐人以猛烈的速度往冰壁飛奔而去。接著在撞上去之前高高地跳起，與昨天嘗試脫離方法時一樣，在彎曲的冰壁上跑了起來。但似乎沒有攀登的打算，軌道保持在水平的狀態。白龍彎曲脖子，持續鎖定我們為目標。但桐人以比牠跟隨的動作還要快的速度持續在冰壁上跑。

幾秒後，當桐人終於在洞底著地時，我已經頭昏眼花了。反覆眨了幾次後才睜開的眼睛前方，出現白龍的背影。牠正因為跟丟了我們而慌忙地左右晃著腦袋。

就在我想著「接下來應該打算從背後攻擊吧。」的這段時間，桐人不知為何躡手躡腳地往白龍走去——伸出了右手，用力抓住白龍搖晃著的尾巴尖端。

這時，白龍發出了尖銳的叫聲。驚愕的慘叫——會這麼覺得應該是心理作用吧。就在我越來越無法理解桐人的意圖，也要發出尖叫聲的時候……

白龍突然展開雙翼，開始以猛烈的速度上升。

「嗚噗！」

空氣打在臉上。才剛這麼想，我們的身體就如同被弓射出的箭般往空中飛了出去。被龍尾拖著，一邊左右搖晃一邊在洞穴中上升，離圓形的洞底越來越遠。

「莉茲，抓緊囉！」

聽到桐人這麼說，我便忘我地抱住他的脖子。照射周圍冰壁的陽光越來越亮，風聲的速度也出現微妙的改變——爆出白色的光芒！當我這麼想著的瞬間，我們已經飛到了洞穴外面。

睜開瞬間瞇起的眼睛，就看見第五十五層的全景在眼下寬闊地展開。

正下方是美麗的圓錐形雪山。稍遠處有個小村子。在廣大雪原與深邃森林的另一側，主街區的每戶人家那尖尖的屋頂並排著。看著這些全都在明亮光芒的照射下閃閃發光，我忘了恐懼，不禁發出歡呼。

「哇啊……」

「耶——！」

桐人也放聲大叫，右手放開了白龍的尾巴。他輕鬆地將我橫抱起來，順著慣性在空中轉圈飛舞。

飛翔的時間應該只有幾秒，但感覺上卻有十倍久。我想當時自己是笑著的。滿溢的光與風洗滌著心靈，將感情昇華。

「桐人——我啊！」

我放聲大喊。

「什麼？」

「我喜歡你！」

「什麼？我聽不見！」

「沒——事！」

緊抱住他的脖子，我發出了笑聲。不久，這奇蹟般的時間結束，我們越來越接近地面了。最後一個轉身，桐人將雙腳大大地張開，擺出了著地姿勢。

「磅！」的一聲，雪花向上飛起。在長距離的滑行中，我們像剷雪車一樣將白色結晶撥開，同時慢慢減速，最後在山頂的邊緣停了下來。

「……呼。」

桐人呼了口氣，將我往地面放了下來。我依依不捨地放開了抱住他脖子的雙臂。

兩人同時抬頭往大洞的方向看去，就看見找不到我們的白龍在上空慢慢盤旋著。

桐人握住背上的劍，並稍微將劍身拔出，但又立刻鏘的一聲收回鞘中。他露出微笑，小聲地對白龍說：

「……一直以來的狩獵行為讓你很困擾吧。只要把取得道具的方法傳開，應該就不會再有人來殺你了。你以後就悠哉地生活下去吧。」

——你對著只是照系統設定好的規則而動作的怪物說什麼蠢話啊！如果是昨天的我，肯定會這麼想吧。但不知為何，現在的我覺得桐人的話語很直接就滲進內心。我伸出右手，悄悄握住桐人的左手。

在兩人的無言注視下，白龍轉過頭發出一聲清澈的吼聲，便往巢穴中降落。四周變得一片寂靜。

沒多久，桐人往這裡瞥了一眼說道：

「好啦，回家吧。」

「嗯。」

「要用水晶飛回去嗎？」

「……不，走回去吧。」

我微笑著回答，然後牽著桐人的手走了出去。這時，我想起了某事，往桐人的臉看去。

「啊……提燈跟攜帶床鋪那些東西，全都忘在那裡了耶。」

「聽妳這麼一說……算啦，沒差。搞不好哪天有人用得上吧。」

我們相視而笑，這次是真的踏上了歸途，在山路上慢慢地走著。從距離很近的外圍看著天空，是個萬里無雲的好天氣。

我用力推開懷念的自家大門。

「我回來了～～！」

「歡迎回來。」

對著站在櫃台、很有禮貌地回話的少女ＮＰＣ店員揮揮手，我環視整個店鋪。只不過一天不在，我卻有股奇妙的新鮮感。

在昨天那個攤販買東西吃的桐人，則是咬著熱狗跟在我後面進到店裡。

「快中午了，好好去餐廳吃個飯嘛。」

聽到我的抱怨，桐人笑著揮動左手叫出視窗。

「在那之前，快點把劍冶鍊出來吧。」

快速操作起道具欄，將白銀的鑄塊實體化。接住他輕丟過來的素材──同時盡量不去想道具的來源──我點了點頭。

「也是，開始動工吧。過來工作室。」

一開啟櫃台後方的門，匡啷匡啷的水車聲變得更大了。拉下牆上的控制桿，風箱開始往火爐送進空氣，火爐立刻燃成一片火紅。

將鑄塊丟進爐中，我轉頭面向桐人。

「單手用直劍對吧？」

「嗯，就拜託妳啦。」

坐上客人用的圓椅，桐人點了點頭。

「了解──話先說在前頭，做出來的東西會受到亂數左右，不要抱太大的期待啊。」

「失敗的話再去拿素材就好啦。下次我會記得帶繩索。」

「……要帶長一點的喔？」

想起那大規模的墜落，我就忍不住笑了出來。往火爐看去，鑄塊似乎已經燒夠了，我便用夾子取出，放在鐵砧上。

從牆邊拿起我常用的冶鍊用鐵鎚，設定好選單後，我再次往桐人的臉看了一眼。對著沉默地點頭的他回以笑容後，我高高舉起鐵鎚。

全神貫注往發出紅光的金屬敲了下去，隨著鏘的一聲清脆聲響，一陣明亮的火花跟著四處飛散。

在說明的冶鍊技能項目中，關於這個工程只寫了【根據要製作的武器種類與使用金屬的等級，對鑄塊敲擊相對應的次數】。

也就是說，用鐵鎚敲擊金屬的這個行為中，沒有玩家技術介入的餘地。雖然只能這樣解讀，但在各種傳聞與特殊現象交錯的SAO中，有敲擊節奏正確與否以及氣勢會左右結果這項根深蒂固的意見。

雖然我認為自己算是個理性的人，但唯有這個說法，讓擁有長年經驗的我深信不疑。因此，我有一種信念——在製作武器時絕不思考別的事情，只將意識集中在揮著鐵鎚的右手，保持內心空明地持續敲擊。

但是——

將鑄塊敲出「鏘！鏘！」清脆的聲音，現在的我卻無法揮去腦中的各種想法。

如果順利製作出好劍，完成了委託——桐人當然會回最前線進行攻略，也就不可能時常見面了。就算會為了要維修劍而過來這裡，但了不起十天一次就很不錯了。

我不要——我不要這樣。我的內心不斷這麼喊著。

明明渴望人的溫暖——應該說，正因為這樣，我至今才會對與特定男性玩家進一步發展感到猶豫。害怕內心的寂寞轉變成愛慕，因為那不是真正的戀愛，只是虛擬世界創造出的錯覺。

但是昨晚，在感覺桐人的手傳來溫暖的同時，我發現那股猶豫正是綑綁住我的假想荊棘。我就是我——既是鐵匠師莉茲貝特，同時也是篠崎里香。桐人也一樣，他並不是遊戲的角色，而是活生生的真人。那麼，這股喜歡他的心情絕對是真的。

冶鍊出令他滿足的劍後，就把這樣的心情跟他說吧。就告訴他，我希望待在他身邊，希望他每天從迷宮回到這個家來。

就在鑄塊的光輝隨著冶鍊不斷增加的同時，我心中的感情也逐漸變得穩固。我有一種心裡的感情從右手滿溢而出，通過鐵鎚流進了誕生中的武器這種感覺。

——接著，那個瞬間終於來臨。

不清楚究竟是第幾次——大約是兩百下到兩百五十下之間——敲擊音響起後，鑄塊發出了更加耀眼的白光。

長方形的物體發出光芒一點一點地改變模樣。前後開始變薄延展，接著應該是刀鍔凸起的部分膨脹了起來。

「喔喔……」

桐人用低沉的聲音發出感嘆，從椅子上起身，往這邊靠了過來。我們並肩注視著，物件花了幾秒完成生成，一把劍終於就此誕生。

那是一把很美、非常美麗的劍。以單手長劍來說甚至有點奢華，劍身很薄，但是沒有細劍那麼纖細。像是接收了鑄塊的特性，感覺視線還能隱隱約約穿透過去。劍刃的顏色是炫目的白，柄則是帶點青色的銀。

就像在附和「在這個世界，劍就是玩家的象徵」這段詩歌一般，ＳＡＯ中設定的武器種類多到不行。一般認為若把各種類別的武器專有名稱從頭條列出來，恐怕不下數千種。

與普通的RPG不同，武器的等級越高，專有名稱就越多樣化。等級低的武器，例如單手直劍，在這個世界存在著無數把冠上「青銅劍」、「鋼鐵刃」這種無聊名稱的劍。但現在出現的最高等級武器，像是亞絲娜的「閃爍之光」，在這個世界恐怕只有一把，只能製造出一次。

當然，不論是玩家製作還是怪物掉寶，都存在著擁有相同程度性能的細劍，但名稱、外觀各異。正因如此，高等級的武器會吸引使用者，將它當作分享靈魂的搭檔。

因為武器的名稱與外觀都是由系統決定，就連身為製作者的我們在完成前也無從判斷。當我打算用兩手從鐵砧上拿起閃著光芒的劍時──就因它有著從優美的外表看不出來的重量而感到驚訝。它的筋力要求值不亞於桐人所持有的黑劍「闡釋者」。紮穩腳步，一鼓作氣將它舉到胸前。

伸出支撐住劍身底部的右手手指輕輕點了一下，看著浮現出來的自動視窗。

「呃──名稱是『逐暗者』。這名稱我第一次聽到，所以應該是還沒被記載在情報商店名冊上的劍──來，試試看吧。」

「嗯。」

桐人點點頭，伸出右手握住劍柄，接著以完全感受不到重量的動作輕鬆舉起。揮動左手叫出主選單，以白劍為目標操作著裝備人偶。就這樣，這把劍在系統上也裝備到了桐人身上，能夠確認數值上的能力值。

但是桐人立刻關起選單，往後退了幾步。將劍換到左手，咻咻地揮了幾下。

「——如何？」

等不及的我如此問道。桐人先是沉默地看著劍身好一段時間——最後露出大大的笑容。

「好重……真是把好劍。」

「真的嗎？……太棒了！」

我舉起右手擺出勝利的姿勢。接著將那隻手伸出去，與桐人的右拳互擊了一下。

好久沒感受到這種心情了。

以前——自己還在第十層的主街區擺攤販售時，當一心一意做出來的武器受客人讚賞也是這種心情。那瞬間會打從心底覺得，當上鐵匠真是太好了。這也是在鑽研技能、只與高等級玩家做生意的這段時間裡，不知不覺中忘了的心情。

「……完全……是心的問題啊……」

因為我突然說出的話語而感到奇怪的桐人歪著頭納悶。

「不，沒什麼，什麼事都沒有——對了，我們去好好慶祝一下吧！我肚子餓了！」

我為了掩飾害羞，一邊大喊一邊從桐人背後推著他的雙肩。正準備就這麼離開工作室——

我突然浮現出一個疑問。

「……欸。」

「嗯？」

轉過頭來的桐人背上吊著黑色單手劍。

「對了——你一開始說，要跟這把劍同等級，對吧？那把白色的劍確實是一把好劍，應該跟你這把掉寶品差不多喔。為什麼你需要兩把相同的劍呢？」

「喔喔……」

桐人轉過身來，擺出猶豫的表情盯著我看。

「嗯——我沒辦法全部跟妳明說。如果妳答應不多問，我就告訴妳。」

「裝什麼神秘啦！」

「稍微離我遠一點。」

我退到工作室的牆邊後，左手依然提著白色劍的桐人，用右手高聲拔出背後黑色的劍。

「………？」

完全搞不懂他要幹嘛。既然剛剛操作過裝備人偶，現在系統上呈現裝備狀態的，就只有左手上的劍。就算右手上多拿一把武器也不會有任何效果。不僅如此，還會被視為非正規裝備狀態而無法發動劍技。

桐人只瞄了一眼我不解的表情，緩緩將左右手上的劍擺出架勢。右手的劍在前，左手的劍舉到背後，重心放低——接著，下一瞬間。

將工作室染成一片紅色的特效光爆發開來。

桐人雙手上的劍以肉眼看不見的速度交互往前方揮擊。「咻啪啪啪！」的效果音壓迫著空氣。只是往空中揮擊，卻讓房間裡的物件全都喀啦喀啦震動起來。

這很明顯是系統規定的劍技。但是──我從來沒聽過有同時操作兩把劍的技能存在啊！

在驚訝地呆立的我面前，放完大約十連擊連續技的桐人靜靜地起身，將左右手的劍同時揮舞了一下──只把右手上的劍收入背上的鞘，然後看著我說：

「總之，就是這麼回事──這把劍也需要個鞘，能隨便挑一個給我嗎？」

「啊……嗯、嗯。」

這已經不知道是第幾次被桐人嚇破膽，所以我也差不多習慣了。總之先把自己的疑問擺到一邊，將手伸向牆壁叫出房屋選單。

移動到道具欄畫面，看著從熟識的手工藝師那裡採購來的劍鞘一覽表。選出跟現在裝備在桐人背上相似的黑皮革樣式的鞘加以實體化，加上我小小的店徽後遞給桐人。

鏘的一聲將白劍收入鞘中，桐人叫出視窗收了起來。他似乎並不打算在背上裝備兩把劍。

「……要保密對吧？剛剛的事。」

「嗯，是啊。希望妳不要說出去。」

「了解～」

技能情報就是最重要的生命線，既然他說不要多問，那我也就不繼續追問。何況，他願意讓我看到一部分秘密就很令人高興了。於是我帶著微笑點點頭。

「……那麼……」

桐人將手放到腰間，正色說道。

「這麼一來委託就算完成了。我要付妳劍的費用，多少錢？」

「啊——這個嘛……」

我咬了一下嘴唇——接著將一直在內心醞釀的答案說了出來：

「我不要錢。」

「……咦咦？」

「不過，我想成為桐人的專屬鐵匠。」

桐人微微睜大了眼睛。

「……這是什麼意思……」

「——從今天開始，每天在攻略結束後，你就過來這裡……——我幫你保養裝備。」

心跳無限加速。這究竟是這虛擬身體的感覺，還是我真正的心臟現在也同樣噗通噗通地跳個不停呢——我腦袋的角落正這麼想著。臉頰好熱，我的臉現在肯定是一片通紅吧。

總是掛著一張撲克臉的桐人，可能是了解了我話中的意思，也害羞地紅著臉低下頭去。雖然我至今都覺得他比自己年長，但看到這個模樣後，突然有種他應該跟我同年，甚至有可能比我小的感覺。

我擠出勇氣往前踏了一步，將手放到桐人的手臂上。

「桐人……我……」

這句話在從白龍的巢穴脫逃時，明明就那麼大聲地喊過，如今想說出口，舌頭卻一動也不動。我盯著桐人黑色的眼睛，終於要將那句話化為聲音。但就在這時——

工作室大門被用力地打開。我反射性將手從桐人身上拿開並跳了開來。

「莉茲！我好擔心妳啊！」

下一瞬間衝進來的人一邊大叫，一邊以快撞上來的氣勢緊抱住我。栗子色的長髮輕飄飄地在空中飛舞。

「亞、亞絲娜……」

亞絲娜以非常近的距離瞪著驚訝地僵在原地的我，接著突然發起飆來：

「沒辦法傳訊息、無法追蹤地圖，連常客也不知道發生了什麼事。妳昨晚到底跑到哪裡去了啦！我可是連黑鐵宮都跑去確認了耶！」

「抱、抱歉，被稍微困在迷宮裡面了……」

「迷宮？莉茲妳一個人？」

「不，跟那個人一起……」

我的視線指向亞絲娜斜後方。轉過身去的亞絲娜，認出閒閒站在那裡的黑衣劍士後，便目瞪口呆地停住動作，接著喊出高八度的聲音──

「桐、桐人！」

「咦咦？」

這次換我吃了一驚。跟亞絲娜一樣呆站在那裡看著桐人。

他清了清喉嚨，稍微舉起右手說：

「喔，亞絲娜，好久不……不對，兩天不見。」

「嗯，嗯……嚇我一跳，原來你這麼快就跑來了哦？跟我說一聲，我就會陪你過來啦。」

看到亞絲娜的雙手在背後握著，露出害羞的笑容，長靴的後跟喀喀的敲著地板，臉上更染上輕微的粉紅色──

我全都察覺了。

桐人會來這間店並非偶然。亞絲娜遵守了約定，為這間店做了宣傳……對她喜歡的人。

──怎麼辦……怎麼辦。

這句話不斷在腦中轉來轉去，還有種體溫都從腳尖流洩出去的感覺。全身無力，無法呼吸。我不知道該怎麼發洩這股情緒……

亞絲娜擺出天真的表情，對著茫然的我說：

「這個人是不是對莉茲說了什麼失禮的話？他一定提出了很多無理的委託對吧？」

這時她微微歪著頭。

「咦……那，這麼說來，妳昨晚是跟桐人在一起囉？」

「這……這個嘛……」

我突然踏出腳步，抓著亞絲娜的右手，接著推開工作室的門。微微轉頭面向桐人所在的方向，但刻意不看他的臉快速說道：

「你稍微等一下喔，我們馬上回來……」

我就這麼拉著亞絲娜的手來到店面，關起門後穿梭在陳列架之間往店外跑去。

「莉、莉茲，等一下啦，怎麼了嗎？」

亞絲娜發出不知所措的聲音，但我只是無言地持續往大街奔去。我沒辦法繼續待在桐人面前。如果不逃出來，我怕會脫口說出那無處發洩的心情。

亞絲娜可能發現了我的異樣，便不再多說什麼默默跟了上來。我輕輕放開她的手。

在往東邊的小巷裡走了一會，便來到一間被高大石壁隱藏起來的露天咖啡店。裡面一個客人都沒有。我選了個在最旁邊的桌子，然後往白色椅子坐了上去。

坐在對面椅子上的亞絲娜很擔心地看著我的臉。

「……莉茲，到底怎麼了……？」

我努力擠出所剩無幾的力氣，對她露出大大的笑容。是平時與亞絲娜天南地北地閒話家常時那種一貫的笑容。

「……就是那個人對吧～」

我交抱手臂斜斜看著亞絲娜的臉。

「咦、什麼？」

「亞絲娜喜歡的人啊！」

「啊……」

亞絲娜縮著肩膀垂下頭去，接著滿臉通紅地用力點著頭。

「…………嗯。」

我硬是不理會那股錐心之痛，露出更燦爛的笑容。

「確實是個非常奇怪的人啊。」

「……桐人他做了什麼嗎……？」

對著擔心的亞絲娜用力點點頭。

「他突然就把我店內最好的劍給弄斷了喔。」

「嗚哇……對、對不起……」

「亞絲娜又不用道歉～～」

看著把這件事當成自己的事，雙手合掌道歉的亞絲娜，內心那股疼痛更加強烈。

再一下……再一下就好，莉茲貝特，加油。

我在內心如此喃喃自語，臉上則保持笑容。

「然後啊，為了要做出擁有那個人指定能力值的劍，無論如何都需要稀有金屬。我們為了取得金屬跑去上層，結果掉進了陷阱洞穴。因為逃脫困難，所以昨晚就回不來了。」

「原來如此……通知我去幫忙就好了嘛。啊，沒辦法傳訊息……」

「要是有找亞絲娜一起去就好了，抱歉。」

「不會啦，昨天正好有公會的攻略活動……那，劍做好了嗎？」

「啊，是啊。受不了，我可不想再接這麼麻煩的工作。」

「妳一定要好好跟他敲一筆喔～～」

她同時哈哈哈地笑了起來。

我保持著微笑，說出了最後一句話。

「總之，他雖然很怪卻不是壞人。我會支持妳的，加油喔，亞絲娜。」

句尾微微顫抖，我已經快撐不下去了。

「嗯、嗯，謝謝……」

亞絲娜點點頭，同時疑惑地看著我的臉。趁著將視線朝下而無法被看透時，我猛然站了起來說道：

「啊，糟糕！我跟人約好要進行交易。我去下層一趟喔！」

「咦？店……桐人那邊怎麼辦？」

「就交給亞絲娜囉！麻煩妳啦！」

接著轉身衝了出去。無法回頭的我，只對背後的亞絲娜揮了揮手道別。

先往轉移門廣場的方向跑，直到抵達從露天咖啡店無法看到的地方，在第一個街角轉往南方，接著全心往沒有玩家的城鎮邊界衝去。眼角一滲出淚水，我就舉起右手擦拭，就這樣不斷地邊擦邊跑。

當我回神時，已經跑到圍住城鎮的城牆前面了。在那帶著微微曲度延伸的城牆前，等距種著高大的樹木。我走到其中一棵樹下，用手撐著樹幹站定。

「嗚咕……嗚……」

再也壓抑不住的哭聲從喉嚨深處流了出來，拚命忍下的淚水更是傾洩而出，不斷劃過臉頰後消失。

這是在來到這個世界後第二次流淚。在第一次登入當天因混亂而哭出來後，我就決定不再流淚。心想實在對這硬是讓人流出眼淚的感情表現系統敬謝不敏，但現在滑過我臉頰的淚水，比在現實世界所流過的眼淚更熱、更令人難受。

在與亞絲娜對話時，喉嚨裡總是卡了一句話。我不只一次想把「我也喜歡那個人」說出口，但我不能這麼做。

在工作室看到桐人與亞絲娜面對面說話的景象時，我就領悟到，桐人身邊的那個位置不屬於我。原因是——在雪山時，我害桐人遇到生命危險，該待在他身邊的，必須是跟他一樣內心堅強的人。沒錯……就像亞絲娜那樣……

在面對面的兩人之間，有著如同量身訂製的劍與鞘那種互相吸引的強烈磁力。最重要的是，亞絲娜已經喜歡桐人好幾個月了，而且每天都為了慢慢縮短與他之間的距離而努力——事到如今我怎麼能做出橫刀奪愛這種事。

沒錯……我認識桐人才短短一天而已。這只是因為跟不熟的人進行不習慣的冒險，所造成的吊橋效應罷了。不是真的，這份感情並不是真的。戀愛是急不來的，應該放慢步調，多加考慮——我本來就一直、一直都這樣認為。

既然如此，我現在為什麼會哭成這樣？

桐人的聲音、動作，還有在這二十四小時內看到的所有表情，全部一一浮現在眼前。他的手撫摸我的頭髮、抓著我的臂膀、緊緊回握我的手的觸感。他的溫度，那心的溫度——一觸碰到那些烙印在我心中的記憶，胸口深處就傳來強烈的疼痛。

會忘記的。這只是一場夢，就用淚水把這場夢洗刷掉吧。

靠在行道樹上的手指緊握成拳頭，我壓低聲音不停地哭泣。在現實世界的話，淚水總有流乾的一刻，但我怎麼都不覺得現在從我雙眼流出的溫熱液體會有流盡的時候。

接著——那個聲音從我背後傳來。

「莉茲貝特。」

突然被那股輕柔、平穩、還殘留著少年味道的嗓音呼喚名字，讓我全身震了一下。

這一定是幻覺。他不可能在這裡。我心裡這樣想著，連眼淚也沒擦就抬起頭轉過身去。

桐人就站在那裡。他那雙在黑色瀏海下的眼睛正浮現出心痛的神情看著我。我望著那對眼眸好一陣子，之後才以顫抖的聲音低聲說道：

「……你怎麼可以現在跑來呢。明明只要再一下，我就能回到平常那個充滿精神的莉茲貝特了。」

「…………」

桐人沉默地踏出一步，右手往這裡伸了過來。我輕輕搖搖頭拒絕了他。

「……你怎麼知道我在這裡？」

我這麼一問，桐人便轉過頭，伸手往城鎮中心指了過去。

「從那裡……」

他指著的遙遠彼方，有個從建築物波浪中探出頭來，面對轉移門廣場所建的教堂尖塔。

「眺望整個城鎮，才找到妳的。」

「呵、呵。」

眼淚依然不斷流出，但在聽了桐人的回答後，我的嘴角浮現出笑容。

「你還是一樣亂來啊。」

就連他的這部分……我也無法自拔地喜歡著。

嗚咽的衝動再度湧出，但我拚命地壓抑下來。

「抱歉，我……不要緊，你快點回去亞絲娜身邊吧。」

就在我好不容易才回出這句話並準備轉身時，桐人接著把話說下去：

「我——我想跟莉茲道謝。」

「咦……？」

因為這意料之外的話語而感到不知所措的我，再度看著他的臉。

「……我過去曾害公會成員全滅……從那之後，我就決定不再跟任何人有所交集。」

桐人皺起眉頭，緊咬住嘴唇。

「……所以我平常都避免與任何人組隊。但是昨天，當莉茲找我一起去攻略任務時，我卻不知為何立刻就答應了。我一整天都覺得很不可思議，為什麼我會跟這個人走在一起呢……」

我瞬間忘了胸口的疼痛，只是直直看著桐人。

這麼說——這麼說，我……

「以前不論是誰的邀約我都一概拒絕。認識的……不，就算是不認識的，光是看到別人在戰鬥，我的腳就開始發抖。所以我才一直將自己關在沒多少人會去的最前線迷宮深處——掉進那個洞穴時，我不是說過與其一個人活著，不如兩個人一起死嗎？那可不是騙人的喔。」

他的臉上浮現些許微笑，但隱藏在後面那深不見底的自責卻讓我不禁屏住氣息。

「但是，我們活下來了。雖然很意外，但我對於跟莉茲一起活下來這件事，真的感到很高興。然後，夜裡……當莉茲對我伸出手的那一刻，我明白了。就是因為莉茲還活著，所以手才會這麼溫暖……這更讓我了解到，不論是我或是其他任何人，都不是為了死亡而存在，是為了活下去而活著。所以……莉茲，謝謝妳。」

「…………」

他這次總算打從心底露出了真正的笑容。我沉浸在不可思議的感慨中，開口說了……

「我也是……我也一直在尋找著，這個世界究竟有什麼是真的。對我來說，那正是從你手上傳來的溫暖。」

我突然覺得那根刺進內心的冰錐似乎慢慢地融化，眼淚也在不知不覺中止住。我們有好一段時間只是默默地看著對方，在飛翔中造訪的那段奇蹟時間的感觸，再一次短暫地輕拂過我的內心，接著消失。

我想……他回應我了。

桐人剛剛所說的話將我破碎的戀情碎片包裹住，就這樣往內心深處沉沒下去。

我用力地眨了一下眼睛，甩掉小小的水滴後，帶著微笑開口：

「剛才那些話也說給亞絲娜聽吧。那女孩也很辛苦。她渴望著桐人的溫暖啊。」

「莉茲……」

「我沒問題的！」

輕輕點點頭，將雙手放在胸前。

「這股溫暖還會殘留一段時間。所以……桐人，拜託你，將這個世界終結吧。我會努力到那個時候的。但是，等回到現實世界後……」

我露出了惡作劇的笑容。

「我可要展開第二回合喔。」

「……」

桐人也笑了出來，並用力點點頭。接著揮動左手叫出視窗。我正在想他要做什麼，他就把背後的「闡釋者」取下，收進道具欄。接著繼續操作裝備人偶，在同樣的地方將新的劍實體化。是「逐暗者」，充滿了我的感情的白色長劍。

「今天開始這把劍就是我的搭檔了。酬勞……就到現實世界再付吧。」

「喔！這可是你說的！會很貴喔！」

我們兩個人笑著伸出右拳互擊。

「那麼，回去店舖吧。亞絲娜等得都累了，而且我肚子也餓了。」

說完，我站到桐人前面開始走了起來。我最後一次用力擦了擦雙眼後，留在眼角的眼淚散落，化為光的粒子消失。

4

今天從一早就感覺到比平常更嚴峻的寒冷。

我摩擦雙手走進工作室。拉下牆上的控制桿，立刻將手放到燒得火紅的爐暖上取暖。雖然水車匡啷匡啷的聲響依舊，但才剛進入冬季就已經這麼冷了，我不禁擔心起，要是後面的小河在冬天最冷的時候結冰該怎麼辦。

從持續一陣子的沉思中驚覺並恢復意識後，我開始確認行事曆。交貨期限為今天的訂製品堆積了八件。不認真工作的話，時間可會不夠。

第一件委託是輕量型單手用直劍。盯著鑄塊表一會，選出符合預算與性能比例的材料丟進火爐中。

這個時候，我使用鐵槌的技術有所提升，也買進各式各樣的新型金屬，更持續冶鍊出高等級的武器。算好燒鑄的時間，將鑄塊放到鐵砧上，接著做好設定，用力敲下鐵鎚。

不過，單就單手用直劍來說——我還不曾造出比在今年初夏冶鍊的那把劍更高級的作品。對於這點，我雖然感到可惜，但也覺得很高興。

那把劍埋藏著我心的碎片，今天也在遙遠的前線很有精神地大鬧吧。雖然我只有在每隔一段時間用眼前的磨刀石維修它時才能看到它，但我發現它跟一般的武器不同，越是使用，刀身就越是透明。該怎麼說，我有這種預感——總有一天，它會以不同於數值消耗的原因，在完成使命的那一刻碎掉也不一定。

不過，那應該是很久以後的事。現在的最前線是第七十五層，那把劍還必須好好努力下去。在那個人——桐人的右手中努力著。

回過神來，規定的次數已經在不知不覺間結束，鑄塊正發出紅色的光芒變形。吞了口口水注視這有如魔法般的瞬間，接著拿起終於出現的劍在手中仔細檢查。

「……普普通通啦。」

我一邊說著一邊將它放在作業台上。迅速著手選擇下一個鑄塊。這次是雙手巨斧，重視的是攻擊範圍……

在中午快結束的時候，完成所有委託的我站起身來，轉了轉脖子並大大地伸了個懶腰。吐了口氣，掛在牆上的小張照片映入眼簾。

裡頭是我與亞絲娜肩靠肩擺出勝利手勢。站在亞絲娜旁邊約半步後方位置的，是露出苦笑的桐人。照片是在約半個月前——當這兩人來跟我報告他們要結婚的消息，在這棟建築物前面拍的。

明明是不論由誰來看，都覺得很相配的兩人，卻花了半年才抵達結婚這個終點。因為我也替他們感到焦慮，又幫了他們很多忙，所以當終於聽到他們要結婚的時候，心裡真的很高興。還有——感到一些些無奈的心痛。

至今我還會夢見那天晚上的事。那個夢幻的夜晚，是我在這平穩的兩年當中，微微閃耀著寶石光芒的回憶。就算在五個月後的現在，依然如同烈火般溫暖著我的內心。

「……我還真是……」

真是令人傻眼啊。我一邊在心裡這麼說著，一邊用指頭輕輕摸著照片。明明自認是個理性的現實主義者，卻完全沒發現自己其實是這種堅強的個性。

「結果，還是一～直喜歡著你啊。」

往照片的一點「叩」的敲了一下，我轉過身去。心裡想著還沒吃中餐，是該自己隨便做做，還是偶爾也去外面吃一頓，同時走出工作室。就在這時——

至今從沒聽過的效果音以超大音量在頭上響起。叮噹叮噹響著，像鐘聲也像警報聲……我瞬間抬頭往天花板看去，但聲音似乎是從對面，也就是上層傳過來的。

當我慌慌張張跑到外面時，發生了令我更加驚訝的情況。自從在這裡開店以來，理所當然連一天都不曾休息過，總是站在櫃台前的店員ＮＰＣ突然一聲不響地消失了。

「……？」

我瞪大眼睛凝視著她剛剛站著的空間，但沒有任何回來的跡象。這可是非常嚴重的事情。

幾乎是連滾帶爬地來到外頭，發現了更讓人吃驚的事態而呆愣地站在原地。

頭上那上百公尺寬的上層底部，無機質灰色的蓋子前方——浮現出滿滿的巨大紅色文字。仔細一看，【Warning】以及【System Announcement】兩個英文單字以棋盤狀排列著。

「系統……公告……」

記憶裡曾見過的景象。根本不可能忘記。兩年前，這場死亡遊戲開始的那一天，在那名對一萬名玩家宣告規則變更的無臉人背後，也出現過同樣的景象。

全身僵硬了幾秒鐘後，我慢慢往周圍看去。許多玩家們都跟我一樣呆立著抬頭看向上層。在這幅景象中，某種異樣的不協調感令我皺起了眉頭，但我立刻了解了原因。

平常應該走在街上、販賣東西的ＮＰＣ一個也不剩，全都消失了。我想應該是跟我家的店員同時消失的……但這究竟是——

突然，不停響著的警報聲停了下來。在一瞬間的寂靜後，這次換成柔軟的女性聲音以相同的大音量從天而降：

『現在　對各位玩家　發出緊急通知。』

與兩年前聽見的遊戲管理者．茅場晶彥的聲音完全不同，這是人工、機械式的合成語音。

雖然很明顯是來自遊戲系統的公告，但在這個將管理者的存在幾乎削減為零的SAO中，這還是第一次聽見這樣的通知。我吞了口口水，將注意力集中到聽覺上。

『現在　遊戲以　強制管理模式　運作中。所有的　怪物及道具交易　全部停止。所有的NPC　也已撤收。所有玩家的　生命值　固定在最大值。』

系統錯誤？出現了什麼致命的Bug……？

我瞬間想到這個念頭。心臟被名為不安的手緊緊抓住。但是，在下個瞬間——

『艾恩葛朗特標準時間　十一月　七日　十四點　五十五分　遊戲　攻略完成。』

——系統語音如此宣告。

遊戲攻略完成。

我有幾秒鐘的時間搞不懂這句話的意思，周圍的玩家們也全都擺出僵硬的表情茫然站著。

但是，在聽到接下來的話之後，全部的人都跳了起來。

『我們將讓　各位玩家　依序　登出遊戲。　請留在原地　等待。　重複……』

突然，四處響起「哇啊啊！」的歡呼聲。地面——不，是浮遊城堡艾恩葛朗特整個震動了起來。大家互相擁抱、在地上翻滾、舉起雙手大吼大叫。

但是我不發一語地動也不動，只是站在店門口，之後才終於舉起雙手摀住嘴巴。

他做到了——桐人真的做到了。還是一樣亂來……

我是如此確信。因為現在的最前線只到第七十五層，但是卻能將遊戲攻略完畢。這種亂來、無謀、不按牌理出牌的事情，絕對是桐人幹的。

耳邊好像傳來一句輕聲呢喃。

——我遵守約定囉……

「嗯……嗯……你終於做到了……」

最後，溫熱的眼淚從我的雙眼流了出來。我不擦拭，只是用力舉起右手不斷地跳著。

「喂——！」

將雙手放在嘴邊，就像要傳達給在遙遠上層的他，我用盡全力大喊：

「桐人——！我們絕對，還要再見面喔……我愛你！」

（完）

002-03

朝露之少女

§ 艾恩葛朗特第二十二層

二〇二四年十月

SWORD ART ONLINE

1

亞絲娜將每天的起床鬧鈴設定在七點五十分。

若說為什麼要設定這種不上不下的時間，那是因為桐人的起床時間是八點整。亞絲娜很喜歡早十分鐘醒來，待在床上看著在身旁熟睡的他。

今天早上，亞絲娜也在木管樂器的柔和音效中醒來，之後輕輕地轉身趴下，用雙手托著臉頰，望著桐人的睡臉。

半年前墜入情網。兩週前成為攻略搭檔。結婚後，搬到這位於第二十二層的森林裡則是在短短六天前。雖然是自己最心愛的人，但老實說，桐人還有太多自己不清楚的一面。真要說的話，睡臉也是其中之一。越是這樣看著，就越是搞不清楚他的年齡。

因為桐人那有些冷靜又飄忽不定的態度，讓亞絲娜一直覺得他比自己稍微年長。但是陷入深沉睡眠時的桐人，天真無邪得甚至可以稱為可愛，讓人覺得他看來像是個比自己年幼許多的少年。

雖然覺得——不過是問問年齡應該無妨。就算觸及現實世界的話題是種禁忌，但兩人已經是夫妻，別說是年齡了，為了回到現實後還能再見，本名、住址跟電話都是要先交換的情報。

但是，亞絲娜卻遲遲無法把話說出口。

因為她害怕，一旦提到現實世界的事情，這裡的「婚姻生活」似乎就會變成假想、空虛的東西。對亞絲娜來說，如今最重要，也是唯一的現實，就是在這森林中的家過著平穩的生活。就算現實的肉體在無法從這個世界脫離的情況下死去，只要能在這裡生活直到最後一刻，她就不會有任何悔恨。

所以，過一段時間再從夢中醒來吧——這麼想著的亞絲娜悄悄伸出手，撫摸桐人的臉頰。

還真是天真的睡臉啊。

事到如今根本無須懷疑桐人的實力。從封測開始累積的無數經驗、不斷進行攻略所獲得數值上的等級，還有支持這些東西的判斷力與意志力。即使輸給了血盟騎士團團長的「神聖劍」希茲克利夫，桐人依然是亞絲娜所知的最強玩家。不論是多嚴峻的戰場，只要有他在身旁就不會讓人不安。

但是，這樣看著躺在身旁的桐人，便感覺他是個純真、容易受傷的弟弟。這股心情湧上胸口，完全控制不住，更覺得一定要保護他。

放輕氣息，亞絲娜探出身子抱住桐人，非常小聲地說著：

「桐人……我最喜歡你了，我們要一直在一起喔。」

這個瞬間，桐人微微動了一下，緩緩張開了眼睛。兩人的視線以非常近的距離相交。

「哇！」

亞絲娜慌張地飛身後退，在床上正坐，並紅著臉開口：

「早、早啊，桐人……你有聽見……剛剛的話嗎……？」

「早。剛剛的話……妳是指什麼？」

面對坐起上半身努力忍住哈欠回問的桐人，亞絲娜用力揮動雙手。

「沒、沒什麼，我什麼都沒說！」

結束由荷包蛋、黑麵包、沙拉與咖啡組成的早餐，再花了兩秒收拾桌面後，亞絲娜啪地雙手一拍。

「那麼！今天要去哪裡玩呢？」

「我說妳啊……」

桐人露出了苦笑。

「不要想到什麼就說什麼啦。」

「因為每天都很快樂嘛！」

這是亞絲娜發自內心的實話。

雖然是光回想就覺得痛苦的回憶，但在成為ＳＡＯ的囚禁者到喜歡上桐人前的一年半當中，亞絲娜的內心總是結著一層堅硬的冰。

犧牲睡眠提昇技能與等級，在受拔擢成為血盟騎士團的副團長後，有時更是以讓成員們唉叫的高進擊速度不斷攻略迷宮。內心想著的，只有完成攻略脫離這裡而已。並以毫無意義為由，拒絕參與一切無益於攻略的活動。

這麼回想起來，亞絲娜就不禁為沒能早點與桐人相遇感到後悔不已。自從與他邂逅的那天起，每一天都充滿著比在現實世界更繽紛的色彩與驚豔。若是跟他在一起，就連在這裡的時間也成為難得的經驗。

所以對亞絲娜而言，現在這段好不容易才得到的，只屬於兩人的時間，每分每秒都能與貴重的寶石匹敵。她希望兩個人能一起去更多不同的地方，聊更多各式各樣的話題。

亞絲娜將雙手叉在腰上，嘟起嘴唇說道：

「所以桐人不想出去玩囉？」

桐人輕笑著揮動左手叫出地圖，切換成可見模式給亞絲娜看。視窗中顯示的是這層相連的森林與湖泊。

「差不多在這裡。」

他所指的是距離兩人的家稍遠的森林一角。

第二十二層屬較低的樓層，面積因此相當寬廣。以直徑來說，應該有八公里多。中央有巨大的湖泊，南岸是主街區「高拉爾」村，北岸則是迷宮區。除此之外的地方全是美麗的針葉樹林。亞絲娜與桐人的小屋大約位在樓層的南端，接近外圍的地方。桐人現在所指的，是在離家約兩公里的東北方。

「這只是我昨天在村裡聽到的傳聞……據說在這邊的森林深處……會出現那個喔。」

「啊？」

亞絲娜愣愣地對有所示意地笑著的桐人追問：

「什麼？」

「——幽靈。」

一段時間說不出話來的亞絲娜戰戰兢兢地確認：

「……那是，幽靈系的怪物？像鬼魂或女妖精那種？」

「不是不是，是真的喔。玩家……人類的幽靈，而且是女孩子。」

「嗚……」

亞絲娜的表情瞬間僵硬。關於這種話題，她有自信比常人更加害怕，而且嚴重到當初攻略以恐怖系樓層聞名的第六十五、六十六層古城迷宮時，她就找了各種理由蹺掉攻略。

「我、我說啊，這裡可是由數位檔案所構成的遊戲世界耶，怎麼可能會出現——幽靈那種東西呢。」

亞絲娜硬是做出笑容，有點認真地反駁。

「這也很難說啊〜〜」

不過知道幽靈是亞絲娜弱點的桐人，非常樂在其中地火上加油。

「例如啊……懷著怨恨死亡的玩家靈魂，依附在一直接著電源的NERvGear……每晚都在練功區徘徊……」

「不要再說了——！」

「哇哈哈，抱歉抱歉，剛剛那個只是輕率的玩笑。雖然我也不覺得會出現真正的幽靈，不過反正要出門，去些好像會發生什麼事的地方不是很好嗎？」

「嗚嗚……」

亞絲娜嘟起嘴唇往窗外看去。

在接近冬天的季節裡，今天算是好天氣。暖洋洋的陽光照耀著庭院的草坪。總覺得這是個最不適合幽靈出沒的時間。艾恩葛朗特因構造的關係，除了早晨與傍晚外無法直接見到太陽，不過白天時會有整片充分的光源照亮整個練功區。

亞絲娜面向桐人，抬起下巴說道：

「好啊，走吧！去證明不可能有幽靈存在！」

「那就這麼決定了——今天沒碰到的話，下次就半夜去哦。」

「絕對不要！我可不幫這麼壞心眼的人做便當喔！」

「咳咳，沒事沒事，當我沒說！」

最後又瞪了桐人一眼，亞絲娜才露出笑容。

「那就趕快做準備吧。我負責烤魚，桐人你把麵包切好。」

俐落地做好魚肉漢堡收進午餐盒，兩人在早上九點時出門。

踏上庭院的草地後，亞絲娜轉身對桐人說：

「讓我坐到你肩膀上吧。」

「坐、坐肩膀？」

桐人以慌亂的聲音回答。

「因為每次都看著同樣高度的景色很無聊啊。這件事以桐人的筋力數值來說很簡單吧？」

「這、這應該是沒錯啦……可是、妳都幾歲了……」

「這跟年齡沒關係！好啦，又沒人在看！」

「是、是無所謂啦……」

桐人露出受不了的表情，邊搖頭邊背對亞絲娜蹲了下去。亞絲娜撩起裙子，往他的肩膀跨坐上去。

「好囉——不過你要是敢轉頭我可是會揍你喔～」

「這未免太不講理了吧……？」

嘴上抱怨著的桐人以輕鬆的動作站了起來，亞絲娜的視野也一口氣跟著上升。

「哇啊！你看，這裡可以看到湖泊耶！」

「我看不到啦！」

「那、等等也讓你坐到我肩膀上來。」

「…………」

將手放到全身無力般垂下頭的桐人頭上，亞絲娜說道：

「出發前進！方向北北東！」

坐在一步步走著的桐人肩膀上露出天真爛漫的笑容，亞絲娜深切地感受到，對於這段兩人生活的愛惜之情。她毫不懷疑地覺得，現在的自己肯定是在十七年的人生當中，最有「活著」的感覺。

在小路上走了——雖然實際動著腳的只有桐人——十幾分鐘後，便抵達了散佈在第二十二層的其中一個湖泊。可能是被風和日麗的氣候吸引，一早就有數名釣師玩家在湖面上垂著釣線。小道穿過圍著湖的小丘，雖然距離左手邊的湖畔還有點距離，但注意到兩人走近的玩家們紛紛往這邊揮手。大家全都露出笑容，甚至還有人出聲大笑。

「……不是說沒人會注意嗎！」

「啊哈哈，還是有人耶。欸，桐人也揮揮手嘛！」

「我才不要！」

雖然不停抱怨，但桐人也沒有要亞絲娜下來。亞絲娜知道，其實他內心也覺得很有趣。

不久，道路在小丘右邊下坡，延伸到深邃的森林之中。他們穿梭在類似杉樹的巨大針葉林中，緩緩地走著。樹葉摩擦的聲音、小河涓涓的流水聲，還有小鳥的鳴叫聲，為這晚秋的森林景色增添美妙的伴奏。

亞絲娜往比平常更近的樹梢望去。

「好高大的樹木喔。欸、你覺得可以爬上這樹嗎？」

「嗯……」

桐人對亞絲娜提出的問題思考了一會。

「我認為就系統上而言，應該辦得到——要試試看嗎？」

「算了，這就當作下次的遊戲題目吧——說到爬上去啊……」

亞絲娜在桐人的肩膀上探出身子，從樹木的縫隙間往遠處的艾恩葛朗特外圍看去。

「外圍那邊不是到處都有像支柱一樣的東西往上層延伸嗎？不知道……從那爬上去會發生

什麼事。」

「啊，我曾經試過喔。」

「咦咦？」

亞絲娜身體往前傾，盯著桐人的臉。

「為什麼沒找我一起去？」

「那時候我們還沒有這麼要好嘛。」

「什麼嘛，明明就是你在躲我。」

「……我、我有嗎？」

「有啊——不管我怎麼約你，你連陪我喝個茶都不肯。」

「那、那是因為……啊，先不管那個……」

就像要把往奇怪方向發展的話題拉回來，桐人接著說下去：

「就結論而言是不能爬的。雖然因為岩石表面凹凸不平，爬起來意外的輕鬆，但爬到約八十公尺左右時，會突然出現系統的錯誤訊息，還會被罵，這裡是禁止進入的區域！」

「啊哈哈，果然不能做壞事啊。」

「這可一點都不好笑啊。那時我因為嚇了一跳，手一滑就掉下去了呢。」

「咦、咦咦？這樣肯定會死吧！」

「嗯，我當時也覺得死定了。要是再晚個三秒用水晶轉移，我恐怕就要被列入戰死者名單了吧。」

「這實在太危險了！別再這麼做了哦！」

「是妳先提出來的吧！」

在閒聊的這段時間，森林隨著腳步越來越深邃。也許是心理作用，鳥鳴聲變得稀疏，從樹梢灑落的陽光也跟著變少。

亞絲娜重新觀察四周的環境，並對桐人問道：

「那、那個……傳聞的地點在哪？」

「這個嘛……」

桐人揮動手指，用地圖確認現在的位置。

「啊，快了，再走個幾分鐘就到了。」

「嗯……那、傳聞的具體內容是什麼呢？」

雖然不想聽，但不聽又覺得不安的亞絲娜還是這麼問了。

「說到這個啊，這是大約一星期前，木匠玩家來這裡撿木材時發生的事。似乎是因為這裡的木材品質很好，醉心於收集的玩家回過神來，天色已經暗了下來。正當他慌忙踏上歸途時，在稍遠的樹蔭中——有個白色的影子閃過。」

「…………」

其實到此為止已經是亞絲娜的極限了，但桐人還是無情地繼續說下去：

「雖然原本以為是怪物而有點慌張，結果卻不是。是人，而且還聽說是個嬌小、留著一頭長黑髮、身穿白色衣服的女孩子。她當時正緩緩往樹林的另一端走去。那名玩家才想著，原來不是怪物而是別的玩家啊，並將視線對上之後……」

「…………」

「──浮標，沒有浮現出來。」

「咿……」

喉嚨深處不禁發出小小的聲音。

「怎麼可能──男子這麼想著往前靠近，並且出聲叫了對方，那名女孩突然停下腳步……緩緩地往他這邊轉了過來……」

「不、不、不要再說了……」

「這時，那名男子發現了一件事。女孩的白色衣服在月光照射下，竟然──是透明的，可以看見後面的樹。」

「──────！」

拚命壓抑尖叫聲的同時，亞絲娜緊緊抓著桐人的頭髮。

「男子心想，要是這女孩完全轉過身來就死定了，於是他開始逃跑。當他終於跑到可以看到遠處村莊燈火的地方，想著到這裡應該就沒問題了而停下腳步……微微轉過頭去……」

「──？」

「身後沒有任何人。真是可喜可賀。」

「……桐、桐人這個笨蛋──！」

亞絲娜從桐人的肩膀上跳下來，準備往他背上用力搥下去──就在這時。

白天的幽暗森林深處，在距離兩人有段距離的針葉樹幹旁，出現了一道白影。

亞絲娜強烈地感受到不祥的預感，戰戰兢兢地凝視著那個不明物體。雖然沒有桐人那麼厲害，但亞絲娜的搜敵技能也練到了一定的程度。技能的補強效果自動啟動，視線集中處的解析度瞬間提升。

那白色的物體看來像是緩緩隨風飄逸著。不是植物，也不是岩石。是布。正確來說，是樣式簡單的連身裙。在裙襬下看見的，是兩隻纖細的──腳。

一名少女站在那裡。穿著與桐人所說完全相同的白色連身裙，年幼少女沉默地佇立在那看著兩人。

覺得自己快失去意識的亞絲娜勉強開口，擠出滿是氣音的沙啞聲音：

「桐……桐人，那邊……」

桐人順著亞絲娜的視線望去，身體瞬間僵硬住。

「這、這不是真的吧……」

少女動也不動，只是站在距離兩人數十公尺外的地方盯著這裡看。正當亞絲娜有心理準備，若是對方稍微往這裡靠近，自己肯定會昏倒時——

突然——少女的身體搖晃了一下。耳邊傳來砰的一聲微弱的聲音，少女彷彿沒有動能的機器人偶般，以不像生物的奇怪動作倒在地上。

「那……」

桐人的雙眼瞬間銳利地瞇了起來。

「才不是什麼幽靈！」

如此喊著跑了出去。

「桐、桐人，等一下！」

被留在原地的亞絲娜連忙叫住桐人，但他頭也不回地往倒在地上的少女跑了過去。

「真是的！」

亞絲娜逼不得已起身追了上去。雖然還是有點心驚膽顫，但也從沒聽說過幽靈會昏倒，怎麼想都覺得那肯定是玩家。

晚了幾秒來到針葉樹下方時，桐人已經將少女抱了起來。她的意識還沒恢復過來。有著長長睫毛的眼簾緊閉，兩隻手臂也無力地垂在身旁。為了慎重起見，緊盯著那穿著連身裙的身體，但沒有發現有任何透明的地方。

「應、應該沒事吧？」

「嗯……」

桐人看著少女的臉龐回答。

「雖說如此……但這個世界既沒有呼吸，心臟也不會跳動……」

SAO內幾乎將人類生理活動的再現全都省略。雖然可以自發性地吸入空氣，也會有空氣在氣管流動的感覺，但這個虛擬身體並不會有無意識的呼吸行為。心臟的鼓動也是，雖然緊張或興奮時會有噗通噗通的感覺，但無法感受到別人的心跳。

「不過既然沒有消失……那就表示還活著吧。不過這真的……相當奇怪……」

桐人說完便歪著頭。

「奇怪？」

「因為碰得到，所以不是幽靈。但是，浮標……沒有出現……」

「啊……」

亞絲娜重新將視線往少女身上集中。然而，只要是存在於艾恩葛朗特的動態物件，不論是玩家還是怪物，甚至就連NPC，在被鎖定為目標的瞬間一定會浮現的顏色浮標沒有出現。至

今還不曾遇過這種現象。

「這是某種Bug嗎？」

「或許吧。要是在普通的線上遊戲，這肯定是個需要呼叫ＧＭ的狀況。但ＳＡＯ中沒有ＧＭ存在……而且，不只是沒有浮標，以玩家來說她的年紀實在太小了。」

確實如此。桐人抱在雙臂裡的身體太小了，以年齡來說應該還不滿十歲。NERvGear裝備原則上有年齡的限制，記得是禁止十三歲以下的小孩使用。

亞絲娜輕輕伸出手，觸摸少女的額頭。冰冷但滑嫩的觸感傳了過來。

「為什麼……這麼小的孩子會在ＳＡＯ中……」

她緊咬嘴唇準備起身，並對桐人說道：

「總之，不能把她放在這裡。等她醒來應該就能知道一些事情了。帶她回我們家吧。」

「嗯，就這麼辦。」

桐人橫抱著少女起身。亞絲娜則環顧著四周，附近只有一根被砍斷且腐朽的巨大樹幹，找不到任何東西像是少女會在這裡的理由。

兩人幾乎是用跑的順著原路離開森林，回到家時少女的意識還是沒有恢復。讓少女躺在亞絲娜的床上並蓋上毯子，兩人一起在對面的桐人床上並肩坐下。

經過短暫的沉默，桐人斷斷續續地開口說道：

「現在唯一可以確定，既然能夠移動到我們家，那她就不是ＮＰＣ。」

「是啊……」

經由系統控制的ＮＰＣ有固定在一定範圍內的存在座標，無法由玩家任意地移動。若是用手觸摸或抱住ＮＰＣ，數秒內就會跳出騷擾警告的視窗，並被一陣令人不快的衝擊打飛。

對亞絲娜的同意微微點頭，桐人接著做出更多的推測。

「而且也不是啟動任何任務的事件。就算是那樣，在接觸到她的時間點，任務列表視窗應該就會更新……所以說，我認為最有可能的情況是——這孩子是在那邊迷路的玩家。」

桐人往床那邊看了一眼後，接著說：

「假使沒有攜帶水晶，或是不清楚轉移方法，應該是從登入以來就不曾到過練功區，而一直待在『起始之城鎮』。雖然我不知道她為什麼會到這裡來，但在起始之城鎮應該有認識這孩子的玩家……搞不好有父母或監護人。」

「嗯，我也這麼認為。不管怎麼想都不覺得這麼小的孩子會獨自登入。應該是跟家人一起來的……如果平安無事就好了。」

彷彿要將最後一句話吞進嘴裡，亞絲娜轉頭看向桐人。

「欸、她的意識會恢復吧？」

「嗯，既然沒有消失，就表示跟NERvGear之間還有信號往來。現在應該跟睡眠狀態很像，所以，應該再一下就會醒來了……吧。」

雖然用力地點著頭，但桐人的話語中仍帶著期望的色彩。

亞絲娜起身，跪到少女所躺的床前，伸出右手輕輕撫摸著少女的頭。

雖然是在這種情況下，但她還真是個美麗的少女。與其說是個人類的小孩，她所散發出的氣息還比較接近妖精。肌膚的顏色是接近雪花石膏的細緻純白，長長的黑髮閃著豔麗的光芒，以及帶有異國風味的清晰輪廓。若這孩子睜開眼睛露出微笑，肯定會很有魅力吧。

桐人也走到亞絲娜身旁坐了下來。他戰戰兢兢地伸出右手撫摸少女的頭髮。

「應該還不到十歲……只有八歲左右吧。」

「差不多吧……絕對是我見過最年少的玩家。」

「是啊，雖然我之前認識一個馴獸師少女，但她應該也有十三歲了。」

這第一次聽說的事情，讓亞絲娜不禁盯著桐人的臉。

「嗯～～原來你有個這麼可愛的朋友啊。」

「嗯，有時會傳傳訊息……啊、只有這樣喔，我跟她之間是清白的！」

「是這樣嗎？桐人可是很遲鈍的呢。」

接著便生氣地轉過頭去。

彷彿察覺到氣氛開始變得有點奇怪的桐人起身說道：

「喔，已經這個時間了啊，我們來吃中餐吧。」

「我晚一點再好好跟你問清楚這件事。」

瞪了他一眼，亞絲娜也跟著起身，決定現在先放桐人一馬並露出了笑容。

「好，吃便當吧。我來泡茶。」

晚秋的午後時光緩緩過去，即使到了從外圍灑入的紅色陽光都完全消失的時間，少女仍舊沉睡著。

拉起客廳的窗簾，打開壁燈後，走了一趟村子的桐人也回來了。他無言地搖搖頭，告知沒有得到任何有關少女的情報。

兩人都沒有愉快享受晚餐的心情，兩三下解決掉簡單的湯與麵包，便開始確認桐人買回來的幾份報紙。

雖稱為報紙，但跟現實世界的那種一疊紙張的報紙不同，而是只有一張雜誌大小的羊皮紙。紙的表面有系統視窗型的螢幕，能以網頁的模式切換顯示收集在內的情報。

也因為是由玩家經營的遊戲攻略網站，內容非常多樣化，從新聞到簡單的導引、ＦＡＱ，還有道具清單。其中也有找東西、尋人的欄位。兩人覺得可能有人在找尋少女，所以焦點都放在這個部分。然而——

「……沒有耶……」

「嗯，沒有……」

花了幾十分鐘看完所有報紙的兩人，失落地看著對方。如今只能慢慢等少女清醒後再問問她了。

若是一般的夜晚，兩人經常會閒聊或玩著簡單的遊戲直到深夜，或出門散步、做些平常不會做的事。但是今天完全沒有那種心情。

「今天就早點睡吧。」

「嗯，也好。」

桐人也同意亞絲娜的提議。

關上客廳的燈進入寢室。因為其中一張床讓給少女使用，兩人只好一起睡另一張床——事實上每晚都這樣——兩人匆忙地換上睡衣。

將寢室的壁燈關上後，兩人便躺上床去。

桐人擁有許多特別的專長，而迅速入睡應該也算是其中之一。正當亞絲娜轉身想跟他聊一下時，他已經發出規律的呼吸聲睡著了。

「真是的。」

亞絲娜低聲抱怨，翻身面向另一邊躺著少女的床。黑髮少女依然在淡藍色的黑暗中持續沉睡著。雖然到現在為止還不想思考少女的過去，但這樣看著她，思緒總會往那個方向飄去。

如果少女至今是跟父母或兄姊等監護人一起過日子倒還好，但若是獨自來到這個世界，兩年來都在恐懼與孤獨中度過——這種日子對僅八、九歲的孩子來說，肯定難以忍受。如果換成自己，可能早就瘋了。

搞不好——亞絲娜想像著最糟的情況。要是少女在那座森林中徘徊、昏倒的原因，是因為她的精神狀況所造成。艾恩葛朗特當然沒有心理醫生之類的，也沒有可以求助的系統管理者。要完成攻略至少還要半年，而且那不是只靠桐人跟亞絲娜的努力就能辦到。兩人目前離開了前線，還有包含兩人在內的部分玩家等級太過突出，造成難以組成均衡的隊伍也是理由之一。

不論少女抱持多麼深刻的痛苦，自己都無法幫上任何忙——這麼一想，無法承受的痛楚突然襲上亞絲娜心頭。她無意識地走下床，往沉睡的少女身旁走了過去。

撫摸少女的秀髮一會，亞絲娜輕輕掀開棉被，躺到少女的身旁，用雙臂緊緊抱住那小小的身軀。雖然少女的身體還是一動也不動，但表情似乎變得比較柔和了。亞絲娜輕聲地說：

「晚安，希望妳明天能醒過來……」

2

亞絲娜在早晨的白光中沉睡，一陣平穩的旋律突然傳入意識中。是雙簧管所演奏的起床鬧鈴。亞絲娜在清醒前的漂浮感裡頭，委身於那陣懷念的旋律中。不久，弦樂器的輕快聲響與單簧管合奏出主旋律，這時有輕微的聲音哼著歌——

——哼歌？

唱著歌的並不是自己，亞絲娜瞬間張開眼睛。

懷中的黑髮少女閉著眼睛——哼著與亞絲娜的起床鬧鈴相同的旋律。而且完全沒有掉拍，但這根本是不可能的事情。因為亞絲娜將鬧鈴設定成只有自己聽得見，照理說不論是誰，都無法跟著只在她的腦中播放的旋律一起哼唱。

然而亞絲娜還是先將這個疑問丟到腦後。比這更重要的是——

「桐、桐人，快點醒來啦！」

在不移動身體的狀態下，亞絲娜叫著睡在身後床上的桐人。沒多久，便感覺到桐人發出含糊不清的聲音坐起身來。

「……早安，怎麼了嗎？」

「快點，過來這裡！」

地板傳來微微的嘰嘎聲。原本毫不在意地隔著亞絲娜往床鋪看的桐人，也立刻瞠大眼睛。

「她在唱歌……？」

「嗯、嗯……」

亞絲娜輕輕搖著懷中少女的身體並喚著她。

「起床囉……拜託妳，睜開眼睛。」

少女的嘴唇停止了動作。不久，長長的睫毛微微顫動，接著慢慢睜開眼來。

那濕潤的黑色眼瞳以近距離直直迎上亞絲娜的目光。眨了幾下眼睛之後，微微張開有點慘白的嘴唇。

「啊……嗚……」

少女的聲音如同敲響極薄銀器般虛幻而美麗。亞絲娜直接抱著少女坐起身來。

「……太好了，妳醒過來了。妳知道自己發生了什麼事嗎？」

亞絲娜說完，少女先是保持幾秒的沉默，接著微微地搖搖頭。

「是嗎……那妳的名字呢？知道嗎？」

「……名……字……我……我的……名字……」

少女側著頭，一根有光澤的黑髮跟著滑過臉頰。

「結……衣。結衣。我的……名字……」

「結衣嗎？真是個好名字。我是亞絲娜，他是桐人。」

亞絲娜一轉頭，名為結衣的少女也跟著轉動視線。她來回看著亞絲娜跟探出上半身的桐人，接著開口：

「阿……屋吶，通……人。」

吞吞吐吐地動著嘴，發出斷斷續續的聲音。昨晚感到的不安在亞絲娜的腦中甦醒。少女看來至少有八歲左右，加上從登入到現在的時間，實際年齡應該也有十歲了。但少女那發音模糊的話語，就跟剛開始學說話的幼兒一樣。

「結衣，妳為什麼會在第二十二層？知不知道自己的爸爸媽媽在哪裡？」

結衣不發一語往下看著。在好一陣子的沉默之後，用力地甩著頭。

「我……不知道……什麼、都、不知道……」

將少女抱到餐桌椅上，遞給她溫熱香甜的牛奶。少女用雙手捧著杯子，一口一口喝了起來。用餘光看著少女，亞絲娜與桐人在離她有些距離的地方討論著。

「桐人……你覺得呢……？」

桐人露出嚴肅的表情咬著嘴唇，不久才低頭說道：

「似乎是……喪失記憶了。不過，更嚴重的是，從她的樣子看來……可能是受到了什麼精神創傷……」

「你果然也……這麼認為嗎……」

「可惡！」

桐人臉上露出快哭出來的扭曲表情。

「雖然在這個世界中……看過許多殘酷的景象……但這實在糟透了，太過殘酷了……」

看著那雙眼睛滲出淚水，亞絲娜感到某種東西刺進了胸口。她用雙臂緊緊抱著桐人說：

「沒問題的，桐人……一定有什麼我們能幫上忙的地方……」

「……是嗎？說的也是……」

桐人抬起頭來露出微笑，將手放在亞絲娜的雙肩，然後往餐桌走了過去。亞絲娜也跟在他身後。

喀噠喀噠的搬動椅子坐在結衣身旁，桐人以開朗的聲音對她說：

「那個，結衣……我可以直接叫妳結衣嗎？」

原本面向杯子的結衣抬起臉來，點了點頭。

「這樣啊。那麼，結衣也直接叫我桐人吧。」

「通……人。」

「是桐人喔。桐、人。」

「……」

結衣的臉上浮現出困難的表情，沉默了下來。

「……痛人。」

笑了出來的桐人伸手輕拍結衣的頭。

「這對妳可能難了點。不然，看妳想怎麼叫都可以喔。」

結衣再次陷入長時間的思考中，就連亞絲娜拿走桌上的杯子，倒滿牛奶後再放回她面前，她也沒有任何反應。

終於，結衣緩緩地抬起頭來看著桐人的臉，戰戰兢兢地開口。

「……爸爸。」

接著仰望著亞絲娜說：

「阿屋吶……媽媽。」

亞絲娜的身體忍不住顫抖。不知道是將自己跟真正的父母搞錯了，或者是——渴求著不在這個世界的父母。但比起思考這件事，亞絲娜先是拚命壓抑湧上來的情感，帶著微笑點頭。

「是啊……結衣，我是媽媽喔。」

聽見這句話，結衣首度露出了笑容。整齊瀏海下缺乏感情的黑色眼眸閃著光芒的瞬間，那如同人偶般端正的臉龐也跟著恢復了生氣。

「——媽媽！」

看著那伸向自己的手，亞絲娜內心大大地動搖。

「嗚……」

拚命忍住快溢出來的嗚咽，保持臉上的笑容，亞絲娜從椅子上抱起結衣小小的身體，緊擁住她的同時，也感覺到一滴混合了各種感情的眼淚流了出來，滑落臉頰。

喝了熱牛奶、吃完一個小圓麵包後，結衣似乎再度感到睡意而開始在椅子上打盹。

亞絲娜在桌子的另一側看著她的模樣，用力擦了擦雙眼，往坐在旁邊椅子上的桐人看去。

「我——我……」

雖然開了口，卻怎麼樣也無法讓想表達的話成句。

「對不起，我已經不知道該如何是好了……」

桐人以關愛的眼神看著亞絲娜好一會兒，才終於呢喃道：

「……妳想照顧那孩子，直到她恢復記憶為止對吧？我懂妳的心情……因為……我也想這麼做。不過……真是進退兩難啊……這樣我們會有好一段時間無法進行攻略，讓這孩子回去的時間也會越拖越晚……」

「嗯……這麼說也對……」

亞絲娜想著，自己就另當別論，說桐人在攻略組玩家中有著拔群的存在感也絕不誇張。雖然身為獨行玩家，但他提供的迷宮區未開發區域地圖量，卻比許多強力公會更多。即使只是幾週的新婚生活，她仍為自己一個人獨佔桐人而抱著某種罪惡感。

「總之，做我們能做的事吧。」

桐人看著發出鼾聲的結衣，接著說下去：

「第一步，就是去起始之城鎮找找看這孩子的父母或兄姊，畢竟是這麼顯眼的玩家，應該至少會有幾個認識她的人。」

「…………」

這意見沒錯。但亞絲娜發現，自己內心有著一股不想跟這名少女分離的感情。這雖然是自己夢寐以求的與桐人兩人的同居生活，但不知為何卻不排斥就這麼變成三個人。可能是因為覺得結衣就像是自己跟桐人的孩子吧——到此都還只是漫不經心地想著的亞絲娜，在這時突然回過神來，連耳根都紅透了。

「……？怎麼了？」

「什、什麼事都沒有！」

她對感到狐疑的桐人用力搖著頭。

「就、就這樣吧！等結衣醒來之後，我們就去起始之城鎮看看，順便在報紙的尋人欄做刊登吧。」

無法看向桐人的臉，亞絲娜快速說著話，同時俐落地收拾起桌面。看了在椅子上睡著的結衣一眼，看來似乎已經完全熟睡了。不過不知道是不是心理作用，她的睡臉看起來跟昨天不同，變得比較安穩。

被抱到床上的結衣又睡了一整個早上。原本亞絲娜還擔心該不會又陷入了昏迷，幸好她在準備好午餐時醒了過來。

雖然為結衣烤了平常不會做的甜水果派，但比起派，來到桌邊的結衣似乎對桐人他那吃得津津有味、塗滿黃芥末的三明治更感興趣，兩人因而慌了手腳。

「結衣，這個可是很辣的喔。」

「嗚嗚～～我想跟爸爸吃一樣的。」

「這樣啊？既然妳已經做好心理準備，那我也不阻止了。畢竟什麼事都要嘗試一下。」

桐人遞了一個三明治過去，結衣便毫不猶豫地努力張開小小的嘴巴，大口地咬了下去。

在兩人緊張的注視下，困難地動著嘴咀嚼的結衣把東西咕嚕一聲吞下去，便露出了笑容。

「好好吃喔。」

「真是個很能忍耐的孩子。」

桐人也笑著撫摸結衣的頭。

「晚飯就來挑戰超辣全餐吧！」

「真是的，不要得意忘形啦！我可不會做那種東西喔！」

但如果在起始之城鎮找到結衣的監護人，回家時就會恢復只有兩個人的狀態。這麼一想，一抹寂寞便劃過亞絲娜的內心。

最後，剩下的三明治也全由結衣清空。面對正滿足地喝著奶茶的結衣，亞絲娜說道：

「結衣，我們下午要出門一趟喔。」

「出門？」

正煩惱著不知該怎麼對驚訝地抬起頭來的結衣說明，桐人就先開口了：

「要去找結衣的朋友喔。」

「朋友……是什麼？」

這個回答令兩人不禁對望。結衣的「症狀」有太多無法理解的地方。與其說是單純的精神年齡倒退，給人的感覺還比較像是記憶東缺一塊西缺一塊。

為了要改善這個狀況，還是快點找到真正的監護人比較好……亞絲娜如此說服自己後，回答結衣的問題。

「所謂的朋友啊，就是會幫忙結衣的人喔。來，趕快準備吧。」

雖然結衣還是一臉狐疑，但還是用力點點頭並站了起來。

少女身上所穿的白色連身裙，除了短短的泡泡袖外，質地也很輕薄，在這個初冬的季節穿出門，光看就覺得冷。雖然就算是冷，也不會因為這樣而感冒或受到傷害——在冰天雪地區域全裸的話另當別論——但還是會有不舒服的感覺。

亞絲娜捲動著道具列表，將厚衣服一件件實體化。當好不容易找到符合少女尺寸的毛衣，她的動作便停了下來。

通常要從狀態視窗操作裝備人偶，才能將衣服穿上。因為布與液體之類柔軟物件的再現是ＳＡＯ最不擅長的分野，與其說衣服是獨立物件，倒不如說系統將其歸類為肉體的一部分。

發現亞絲娜的不知所措，桐人向結衣問道：

「結衣，妳會開啟視窗嗎？」

少女不出所料，像是完全不懂般歪著頭。

「那麼，揮動右手指頭試試看。像這樣……」

桐人的手指一揮，手的下方就跳出一個紫色的方形視窗。結衣看了也毫不猶豫地照做，但視窗卻沒有打開。

「……這果然是系統出現了某種Bug嗎？但是狀態視窗打不開實在太致命了……這樣什麼

都沒辦法做耶。」

桐人忍不住咬著嘴唇。就在這時，一直揮著右手手指的結衣，這次換成揮動左手。下一瞬間，手的下方就出現一個發著紫光的視窗。

「出現了！」

在看來很高興的結衣頭頂上方，亞絲娜驚訝地與桐人對看。已經完全搞不清楚狀況了。

「結衣，讓我看一下喔。」

亞絲娜彎下腰往少女的視窗看去。不過一般來說，只有本人看得到狀態視窗，所以畫面上什麼都沒有。

「對不起喔，手借我一下。」

亞絲娜拉著結衣的右手，靠著直覺移動她細小的食指，往應該是切換可見模式的按鈕位置點了下去。

直覺沒有出錯，隨著簡短的效果音響起，視窗的表面浮現出熟悉的畫面。偷看他人的狀態視窗，基本上算是嚴重違反禮儀，所以就算在這種情況下，亞絲娜也盡量避免盯著畫面，只想趕快開啟道具欄，但是——

「這……這是怎麼回事？」

當視線瞥過畫面上方的瞬間，亞絲娜忍不住驚叫出聲。

選單視窗的首頁基本上分成三個區域。最上面是用英文顯示的名字跟細長的ＨＰ條、ＥＸＰ條，下方的右半邊是裝備人偶，左半邊則配置著指令按鈕列表。雖然選項圖像顯示等樣式設計可以自由訂做，但基本配置無法改變。話雖如此，結衣的視窗最上方只顯示著「Yui-MHCP001」這奇怪的名字，不論是ＨＰ條或ＥＸＰ條，甚至連等級都不存在。雖然有裝備人偶，但指令按鈕卻比一般少很多，僅有「道具」跟「設定」存在。

不懂亞絲娜為何停下動作而靠過來的桐人，也在看到視窗時吃了一驚。絲毫不在意視窗異常的結衣，則是露出覺得奇怪的表情抬頭看著兩人。

「這也是……系統Bug嗎……？」

亞絲娜喃喃說著，桐人則從喉嚨深處發出低聲呢喃：

「該怎麼說……與其說是Bug造成的，感覺反而像是原本就這麼設計……可惡，我從來沒有像現在這樣對沒有ＧＭ感到煩躁過。」

「畢竟不要說Bug了，ＳＡＯ連延遲都幾乎不曾發生，對有沒有ＧＭ自然就不是那麼在意了……再想下去也沒什麼意義，對吧……」

亞絲娜聳聳肩，重新動著結衣的手指打開了道具欄。把從桌上拿起的毛衣放上去後，道具便隨著一陣光芒收進視窗中。接著拖曳毛衣的名稱到裝備人偶上。

下個瞬間，隨著一陣鈴聲的效果音，光的粒子包圍住結衣的身體，淡粉紅色的毛衣也跟著物件化。

「哇啊——」

結衣露出開心的表情，張開雙臂看著自己的身體。亞絲娜接著將同色系的裙子跟黑色絲襪、紅色鞋子一個個裝備到少女身上，最後將她原本穿的連身裙放回道具欄，並且關上視窗。

換上一身新裝扮的結衣似乎非常高興，用毛衣輕柔的質地摩擦臉頰，或用雙手拉著裙襬。

「來，我們出發吧！」

「嗯。爸爸，抱抱。」

面對天真地伸出雙手的結衣，桐人露出了害羞的苦笑，同時橫抱起少女的身體。接著維持這個姿勢往亞絲娜瞥了一眼說道：

「亞絲娜，最好還是做好隨時可以武裝的準備。雖然沒有要離開街區的打算……但那裡畢竟是『軍隊』的勢力範圍……」

「嗯……還是小心為妙。」

亞絲娜點點頭，俐落地確認自己的道具欄後，便和桐人一起往大門走去。雖然真心希望能找到少女的監護人，但一考慮到要跟結衣分開，亞絲娜就會感到一股不可思議的動搖。相遇至今明明只過了一天，結衣似乎已經徹底佔領了亞絲娜內心最溫柔的部分。

距離上次來到第一層的「起始之城鎮」已經相隔數個月了。

亞絲娜一面感受著複雜的感慨，一面站在剛走出轉移門的地方，環視著巨大廣場與對面的橫向街道。

這裡是艾恩葛朗特最大的都市，冒險上必要的機能自然也比其他城鎮更為充足。物價便宜，也有很多旅館之類的商家，若只考慮效率層面，將這裡當作基地絕對是最合適的。

不過就亞絲娜所認識的人來說，高等級的玩家沒有任何人還留在起始之城鎮。「軍隊」的蠻橫專制是理由之一，但最重要的是只要站在中央廣場抬頭看著上空，不論如何一定會想起那時候的事情。

最初只是一時興起而已。

由實業家的父親與學者的母親所生下來的亞絲娜——結城明日奈，從小就在父母的強烈期待下成長。父母都是嚴以律己的人，雖然對明日奈很溫柔，但越是如此，明日奈就越害怕看見他們失望的表情。

就這點來說，哥哥應該也一樣。明日奈與哥哥都就讀父母所選擇的私立學校，不曾鬧出問題，成績也保持在前幾名。當年紀相差不少的哥哥考進大學離開家裡之後，明日奈更是滿腦子只想著要回應父母的期望。學習多種才藝，只跟父母認同的朋友交流。然而不知從何時開始，這樣的生活讓明日奈感覺到自己的世界不斷地縮小、僵硬。她也時常害怕著，如果就這樣往既定的方向——進入父母決定好的高中、大學，與父母挑選的對象結婚，自己肯定會被塞進一個比自己更小，而且堅硬無比的外殼，永遠無法從中逃出。

所以，當就職於父親經營的公司而回家住的哥哥，在經由管道取得NERvGear與ＳＡＯ，並很少見地眼神發亮述說著這世界首次出現的「ＶＲＭＭＯ」時，連電視遊樂器都沒有碰過的明日奈，便開始對這不可思議的新世界起了些許興趣。

當然，若哥哥只在自己的房裡使用，她應該很快就會忘了NERvGear的事情吧。但好巧不巧，哥哥在ＳＡＯ開始營運當天必須到國外出差，而一時興起的明日奈因此拜託哥哥借自己玩一天。想看看從未見過的世界，只是基於這種心態而已——

接著，世界就完全走樣了。

明日奈至今都還記得，當自己化身為亞絲娜，降臨在沒見過的街道與互不認識的人群中時的那股興奮感。

然而在那之後，當那個神降臨在頭上，並宣告這個世界是無法脫離的死亡遊戲時，亞絲娜最先想到的，是自己還沒完成的數學作業。

如果不快點回去把作業做完，隔天上課就會挨老師罵了。這種事是不該存在於亞絲娜人生中的污點……不過事態的嚴重性當然不是只有這種程度。

一星期、兩星期，日子一天天在毫無作為的狀態下過去。但外部的援手怎麼樣也伸不進來。關在起始之城鎮的旅館房間、蹲坐在床上的亞絲娜不斷感受著沒來由的混亂。有時會發出尖叫，或著一邊喊叫一邊敲打牆壁。國中三年級的冬天，再過不久就是聯考，新學期也會緊接著到來。對亞絲娜而言，從這個既定軌道上脫軌，就等於人生的完結。

亞絲娜每天都煩惱得幾乎要抓狂，但也抱著深沉且黑暗的確信。

比起擔心孩子的身體，父母肯定更對因為遊戲機而落榜的女兒強烈地感到失望吧。朋友們應該也在悲嘆的同時，可憐著、或是嘲笑著團體的淘汰者。

當這股黑色的念頭到達臨界點時，亞絲娜終於下定決心並離開旅館。不再等待救援，而要自行從這裡離開，也就是成為解決事件的英雄。除了這麼做之外，自己沒有別的方法能維繫周圍人們的心。

亞絲娜湊齊了裝備，將參考手冊全部背下來，接著就往練功區出發。每天只睡兩到三個小時，其餘時間全都投注在提升等級上。一旦將與生俱來的智力與意志力全都用在遊戲攻略上，要躋身最高等級的玩家之列根本不用花多長的時間。狂劍士「閃光」亞絲娜就此誕生。

然後到了現在——兩年過去，十七歲的亞絲娜用憐憫的心回頭看著當時的自己。不，不只是遊戲剛開始的那段時間。對在那之前，那個只生活在堅硬狹小世界中的自己，也抱著痛切且無奈的憐憫。

自己並不了解何謂「活著」。只是不斷犧牲現在，盤算著應該要有的未來。「現在」單純只是通往正確未來的過程，因此在變成過去的同時，沒留下什麼就消失在虛無中。

俯瞰著ＳＡＯ世界，深深覺得這些一個都不可少。

只追求未來的人，會像過去的自己那樣瘋狂地往攻略遊戲邁進；想著過去的人，只會抱膝躲在旅館的房間裡。而活在當下的人，則有時會追求犯罪者那種一時的快感。

但在這個世界中，還是有享受著現在，不斷製造回憶，同時也為了脫離這裡而努力的人們存在。教自己這件事的，正是一年前遇到的黑髮劍士。打從亞絲娜希望自己也能像他那樣生活後，改變了每一天的色彩。

如果是現在，只要這個人陪在身旁——就連現實世界的那個殼都能打破，她甚至覺得能為了自己而活。

亞絲娜往站在身旁，似乎也抱著屬於他自己的感慨眺望這座街道的桐人靠了過去。再次抬頭仰望上空的石蓋，感受到的疼痛也變得微弱了。

就像要從腦中把感傷驅離般甩了一下頭，亞絲娜看著被桐人抱在懷中的結衣臉龐。

「結衣，有沒有覺得看過的建築物？」

「嗚……」

結衣露出煩惱的表情看著廣場周圍相連的石造建築物，但沒多久就搖了搖頭。

「我不知道……」

「畢竟起始之城鎮大到不行嘛。」

桐人摸著結衣的頭說道。

「到處晃晃應該多少能讓她想起一些事情吧，總之先走一趟中央市場好了。」

「也是。」

兩人互相點了點頭，便往能看見在南方的大街走了過去。

話說回來——覺得有點奇怪的亞絲娜邊走邊重新審視廣場。人實在少得令人意外。

起始之城鎮的轉移門廣場相當寬敞，足以在兩年前開始營運時容納一萬名玩家。在鋪著石造地板的正圓形空間中央，立著巨大的鐘塔，下方則是發著藍光搖曳的轉移門。包圍住塔的同心圓細長花圃向外延伸，間格中排著數張雅致的白色長椅。像這種天氣很好的午後，因為到處都是暫時休息的玩家們而有些吵鬧也完全不奇怪。但所看見的人影全都往轉移門或廣場出口移動，幾乎沒有停下腳步或坐在長椅上的人。

如果是上層的大規模城鎮，轉移門廣場總是因為無數的玩家來來去去而混雜。有人天南地北地閒聊，有人募集隊伍成員，也有人擺設簡單的攤位販售，因為聚集的人潮而幾乎無法直線前進——

「欸，桐人。」

「嗯？」

亞絲娜對轉過身來的桐人問道：

「現在留在這裡的玩家有多少人？」

「嗯，這個嘛……還活著的玩家約六千人，而包含『軍隊』在內，約有三成留在起始之城鎮，所以大概是快兩千人吧？」

「這樣的話，你不覺得人太少了嗎？」

「聽妳這麼一說……會不會都聚集在市場那邊呢？」

然而，即使從廣場走進大街，到達並排著店鋪與攤販的市場區域，街道依然非常冷清，只有亂有精神的ＮＰＣ商人叫賣聲空虛地響徹整條大街。

儘管如此，亞絲娜還是發現了一名坐在大街中央大樹下的男子，於是走了過去開口問道：

「那個，不好意思。」

以特別認真的表情抬頭看著樹梢的男子，頭也不回地以嫌麻煩的語氣回答：

「啥事？」

「那個……這附近有沒有類似尋人窗口的地方？」

聽見這句話，男子才總算將視線轉向亞絲娜，還毫不客氣地盯著她的臉看。

「妳是從別的地方來的人？」

「是、是的……我們在尋找這孩子的監護人……」

說著往站在身後的桐人所抱著的，正迷迷糊糊打著盹的結衣指了過去。

這位身穿樸實輕裝，難以分辨所屬集團的男子，在瞥了結衣一眼時雖然多少有些驚訝，但又立刻將視線轉回頭上的樹梢。

「……迷路的小孩嗎？還真是稀奇啊……有很多小鬼玩家都集中住在東七區河邊的教會，去那邊問問吧。」

「謝、謝謝。」

因為意外得到了有力的情報，亞絲娜連忙低頭道謝，也趁著這個機會提出其他的問題。

「那個……請問你在這裡做什麼？還有，為什麼這裡沒什麼人呢？」

男子雖然露出不悅的表情，但仍以婉轉的口氣回答：

「其實我很想回妳說是商業機密，不過既然妳是外地人倒也無妨……妳應該也能看到吧？那個很高的樹枝。」

亞絲娜順著男子指著的方向看了過去。高大的行道樹樹枝上長滿了鮮豔的紅葉，只要仔細觀察，就能發現在樹葉的影子下，長著幾顆黃色的果實。

「當然，因為行道樹是屬於無法破壞的物件，就算爬上去，不要說是果實，連一片葉子都摘不到。」

男子繼續說著。

「不過那個果實每天都會掉落個幾次……雖然只經過幾分鐘就會腐爛消失，但如果抓住機會撿起來，就能以很好的價格賣給ＮＰＣ，而且吃起來的味道也不錯。」

「咦咦——」

講到食材道具，料理技能完全習得的亞絲娜可是非常有興趣。

「那個可以賣多少錢呢？」

「……這個請妳務必保密。一個可以賣五珂爾。」

「…………」

看著男子得意的表情，亞絲娜瞬間說不出話來。除了訝異於價格實在太過便宜，更覺得那完全不符合守在樹下一整天的勞力。

「那、那個……該說這完全不符合效益嗎……如果去練功區隨便打倒一隻蟲，都可以賺到三十珂爾喔。」

話剛說完，這次輪到男子睜大了眼睛。他用只差沒把「妳腦袋有問題嗎？」說出口的眼神看著亞絲娜。

「妳是認真的嗎？到練功區跟怪物戰鬥……這可是會死人的耶！」

「…………」

亞絲娜回不出話來。如同男子所言，與怪物的戰鬥確實是與死亡比鄰。但是就亞絲娜現在的感覺而言，這就跟在現實世界走上街頭時，一直擔心會遇到交通事故一樣，只能說擔心也沒有用。

亞絲娜因為一時之間無法判斷究竟是自己對ＳＡＯ的死亡感覺變遲鈍了，還是男子過於神經質而陷入一片茫然。兩邊應該都不算是正確答案吧。然而在起始之城鎮，男子所說的肯定是一般人的認知。

完全沒注意到亞絲娜的複雜心情，男子繼續說道：

「嗯？妳還問了什麼？為什麼沒人？其實也不算沒人，只是大家都躲在旅館房間裡。因為白天有可能會碰上軍隊的徵稅部隊。」

「徵、徵稅……那究竟是怎麼一回事？」

「就是有牌的流氓啦。你們要小心啊，那群傢伙對外地人也不會客氣的。喔，有個果實快掉下來了……就聊到這裡吧。」

男子閉上了嘴，開始以認真的眼神盯著空中。亞絲娜再一次點頭道謝後，發現桐人在至今的對話中一直保持沉默，因而轉過身去。

只見桐人露出連在戰鬥中都沒看過的認真眼神，盯著黃色果實。看來似乎是打算全力奪取下一個掉落的果實。

「住手啦，真是的！」

「因、因為很讓人在意嘛！」

亞絲娜抓住桐人的衣領，拖著他開始走了起來。

「啊、啊啊……看起來很好吃耶……」

亞絲娜於是揪住仍覺得可惜的桐人耳朵，硬是讓他轉過頭來。

「別管那個了，東七區在哪裡？年紀較小的玩家似乎都住在教會，先去那邊看看吧。」

「……是。」

接過完全睡著的結衣穩穩地抱住後，亞絲娜走到盯著地圖前進的桐人身旁，配合他的速度前進。

結衣的體格看起來大概十歲左右，如果是在現實世界中這樣抱著，應該只要幾分鐘手臂就會酸了。但在這裡因為有筋力數值的補正，手上感受到的重量就跟羽毛一樣。

沿著這人影依然稀少的寬廣道路，往東南方走了十幾分鐘後，終於抵達一個像是廣大庭園的區域。染上顏色的闊葉樹樹林在初冬寒風中蕭瑟地搖曳著樹梢。

「嗯——就地圖來看，這裡就是東七區了……那個教會在哪邊呢？」

「啊，應該在那邊吧？」

亞絲娜往道路右手邊的寬廣森林對面那特別高的尖塔看去，用視線表示方向。在那有著青灰色屋頂的高塔頂端，十字與圓形結合而成的金屬製古埃及十字架正閃閃發著光。那肯定就是教會的象徵。這是每個城鎮最少都有一個的設施，內部的祭壇能解除怪物的特殊攻擊「詛咒」，以及替對抗不死系怪物的武器進行祈福。這在幾乎不存在魔法要素的SAO中，可以說是最神秘的地方了。另外，只要持續繳納珂爾，就能承租教會內的小房間，代替旅館使用。

「等、等一下。」

亞絲娜突然叫住準備往教會走去的桐人。

「嗯？怎麼了？」

「啊、沒什麼……那個……如果我們在這裡找到了結衣的監護人，就要把……結衣留在這裡對吧……？」

「…………」

桐人那望著亞絲娜的黑色眼睛彷彿因愛憐而變得柔和。他靠了過去，用自己的雙手輕輕將亞絲娜連同睡著的結衣一起抱入懷中。

「我也一樣不想跟她分開。該怎麼說呢……有了結衣的存在，讓森林中的家變得跟真正的家一樣……我是這麼覺得……但是，這絕不是再也見不到面了。等結衣恢復記憶，一定會再來找我們的。」

「嗯……說的也是。」

稍微點了點頭，亞絲娜將臉頰貼近懷中的結衣，下定決心邁開腳步。

教會這棟建築物以街道區的規模來看算小。兩層樓高，作為象徵的尖塔也只有一個。原本起始之城鎮就有複數的教會存在，在轉移門廣場附近的那間有像豪宅一樣的大小。

亞絲娜走到正門的雙開巨大門扉前，用右手推開了其中一邊的門。因為是公共設施，自然不可能上鎖。內部有些陰暗，只有裝飾在正面祭壇上的蠟燭火焰微微照亮了石板地。乍看完全沒有任何人在。

只將上半身探進入口，亞絲娜出聲呼喚：

「請問有沒有人在？」

聲音拖著迴音的效果聲消逝，但還是沒有任何人出現。

「大家都不在嗎……？」

歪著頭納悶，就聽見桐人壓低了聲音否定：

「不，有人。三個人在右邊的房間，左邊則有四人……還有幾個人在二樓。」

「……能靠搜敵技能知道在牆壁另一邊的人數？」

「熟練度得練到九八〇。用起來很方便，亞絲娜也提升一下吧。」

「不要，那個修練方法無聊到會讓人發瘋……話說，他們為什麼要躲起來呢……」

亞絲娜放輕腳步踏進教會內部。雖然周圍全被一片寂靜包圍，但感覺得到有人潛藏在裡面的氣息。

「呃，不好意思，我們是來找人的！」

稍微提高了音量再次出聲呼喚，接著——右手邊的門扉稍稍開啟，從裡面傳來微弱的女性聲音：

「……你們不是『軍隊』的人嗎？」

「不是的，我們是從上層過來的。」

亞絲娜跟桐人完全沒有裝備劍或戰鬥用的防具。因為軍隊所屬的玩家要時常配戴做為制服的重武裝，光靠外表應該就能判斷他們與軍隊沒有關係。

不久，房門打了開來，一名女性玩家戰戰兢兢地現身。

深藍色的短髮、戴著黑框的大眼鏡，眼鏡下那藏著膽怯的深綠色眼睛睜得大大的。她身穿樸實的深藍色素面洋裝，手上拿著收在鞘裡的小型短劍。

「真的……不是軍隊的徵稅隊……？」

亞絲娜為了讓女性安心，露出微笑並點了點頭。

「是的，我們今天是為了找人才從上層下來這裡，跟軍隊一點關係都沒有。」

就在這時——

「從上層來的？這麼說你們是真正的劍士囉？」

伴隨屬於少年的尖銳叫聲，女性身後的門大大地敞開，幾個人影從裡面亂哄哄地跑了出來。接著，祭壇左側的門也跟著打開，同樣跑出數個人影。

在吃驚的亞絲娜與桐人不發一語的注視下，於戴著眼鏡的女性兩側排成兩大排的，是每個都能稱為少年或少女的年幼玩家們。年齡大概在十二到十四歲中間。大家全都很感興趣地來回觀察亞絲娜與桐人。

「真是的，我不是叫你們躲在房間裡面嗎！」

連忙要孩子們回房的女性看來大約二十歲左右。然而，沒有任何一個孩子聽從她的命令。不過，最先衝出房間，有著一頭如刺蝟般紅色短髮的少年立刻失望地叫著：

「什麼嘛，怎麼連把劍都沒拿啊。我說啊，你是從上層來的吧？難道沒有任何武器嗎？」

這後半段是對著桐人說的。

「啊、不，也不是沒有……」

驚訝的桐人這麼回答，孩子們的表情再度亮了起來，各自鼓譟著說「讓我看、讓我看」。

「你們怎麼可以對初次見面的人用這麼失禮的口氣說話呢！——真的很抱歉，因為平常完全不會有客人造訪……」

看見戴著眼鏡的女性彷彿因惶恐而低下頭，亞絲娜慌忙說道：

「不，沒有關係——桐人，我記得還有幾個一直放在道具欄裡的東西，就讓他們看吧？」

「嗯、嗯。」

同意亞絲娜的提議，桐人打開視窗動起手指。不久，一旁的長桌上方就堆積了十來個實體化的武器道具。這是在最近的冒險中得到的怪物掉落道具，因為沒空販售所以就這樣放置著。

桐人將兩人裝備以外的多餘道具全部取出並關上了視窗後，孩子們便歡聲雷動地圍了上去。一個接著一個拿起劍或鎚矛，不斷發出「好重！」「好帥喔！」等歡呼。這雖然是讓過度保護的家長看到肯定會昏過去的景象，但只要在街區內，不管怎麼使用武器都不可能受到傷害。

「——真的……很不好意思……」

戴著眼鏡的女性，彷彿很傷腦筋地搖著頭，但仍因孩子們高興的樣子而浮現出微笑並如此說道。

「……啊，這邊請。我這就去泡茶……」

被帶到禮拜堂右側小房間的亞絲娜與桐人，在喝了一口熱茶後，才總算鬆了口氣。

「你們……是來這裡找人的……？」

戴眼鏡的女性玩家在對面的椅子上坐下，微微歪著頭問道。

「啊，是的。啊……我是亞絲娜，他是桐人。」

「啊！真是不好意思，還沒有自我介紹。我是紗夏。」

接著互相點頭示意。

「這孩子是結衣。」

撫摸著仍在膝上沉睡的結衣頭髮，亞絲娜繼續說著：

「這孩子在第二十二層的森林中迷了路，似乎還……失去了記憶……」

「是嗎……」

名為紗夏的女性瞪大了那對在眼鏡後方的深綠色大眼。

「她的裝備除了衣服以外什麼都沒有，我們覺得她應該不是在上層生活……想說是不是可以在起始之城鎮找到她的監護人……或是認識她的人，之後聽說這個教會聚集了許多小孩一同生活……」

「原來如此……」

紗夏用雙手握住杯子，視線落在桌子上。

「……如今住在這個教會的，從小學生到國中生左右的孩子總共約二十人。而這應該是這個城鎮所有的年幼玩家了。在這個遊戲剛開始時……」

雖然音量微弱，但紗夏以清晰的語調開始娓娓道來：

「那年紀的孩子幾乎都因為過於恐慌而多少出現精神上的問題。當然還是有孩子適應了遊戲而離開城鎮，不過那應該是例外。」

這是當時國中三年級的亞絲娜也體會過的事情。躲在旅館房間裡的那段時間，確實將精神逼到近乎崩潰的地步。

「這也是當然的，原本還是很愛對父母撒嬌的年紀，卻突然被宣告無法離開這裡，甚至還有可能再也回不去現實……那些孩子大部分都陷入虛脫狀態，其中似乎也有幾個孩子……就這麼切斷了連線。」

紗夏的嘴角變得僵硬。

「雖然在遊戲開始一個月時，我也以攻略遊戲為目標，不斷在練功區提升等級……某天，當我看到這樣的孩子獨自在街角徘徊，怎麼也放心不下，所以就帶回旅館一起生活。從此，我一想到可能還有這樣的孩子就坐立難安，於是開始在城鎮四處尋找獨自一人的孩子。等回過神來，就已經變成現在這樣了。所以，該怎麼說……明明有像你們這樣在上層戰鬥的人，我卻沒能跟上去幫忙，真的很抱歉。」

「快、快別這樣說……」

亞絲娜搖著頭拚命尋找言詞，但喉嚨卻卡著說不出話來。而桐人就像要接替她一樣，開口說道：

「不是這樣的，紗夏小姐也努力地戰鬥著……而且比我努力的多。」

「謝謝。不過我並不是基於義務感才這麼做，跟孩子們一起生活是很快樂的。」

紗夏笑著，以擔心的眼神看著沉睡中的結衣。

「所以……我們在這兩年中，每天一個個區域、一棟棟房子地巡視，尋找是否有需要幫助的孩子。如果有這麼小的孩子，我們應該會發現。很可惜……我想她應該不是住在起始之城鎮的孩子。」

「是嗎……」

垂下頭的亞絲娜緊抱住結衣，接著像是振奮起精神地看著紗夏的臉。

「這個問題可能有點失禮，不過，你們是如何賺取每天的生活費呢？」

「啊，關於這點，除了我之外，還有幾個比較年長的孩子守護著這裡……他們的等級在城鎮周邊的練功區闖蕩絕對沒問題，所以能簡單賺取伙食費。雖然不算很多就是了。」

「喔，很厲害啊……就我們剛剛在街上聽到的，這裡的人認為在練功區與怪物戰鬥是沒常識的自殺行為呢。」

紗夏以點頭回應桐人所說的話。

「基本上，我認為現在留在起始之城鎮的所有玩家都這麼想。我無法說這是不對的，畢竟一考慮到有死亡的危險，也是沒辦法的事……不過也因此，我們比這個城鎮的一般玩家有更高的收入。」

確實，若要一直租借這個教會的客房，每天必須要一百珂爾。這是比剛才那個撿果實的男子日薪高上數倍的金額。

「所以，我們最近被盯上了……」

「……被誰盯上？」

紗夏平穩的眼神在一瞬間變得嚴肅起來。就在她開口準備接著說下去時——

「老師！紗夏老師！糟糕了！」

房門突然砰的一聲打開，數名孩子衝了進來。

「真是的，這樣對客人很失禮喔！」

「現在不是說這個的時候！」

剛才那個紅髮少年眼中含淚叫著：

「銀哥哥他們被軍隊那些傢伙抓走了！」

「——在哪裡？」

紗夏擺出彷彿換了個人似的毅然態度起身，並對少年問道。

「東五區道具店後方的空地。軍隊派了十個人把道路圍了起來，只有戈達逃了出來。」

「知道了，我馬上過去——不好意思……」

紗夏重新轉頭面對亞絲娜與桐人，並輕輕低下頭去。

「我一定得去救那群孩子，所以晚點再聊吧……」

「老師！我們也要去！」

紅髮的少年如此大喊，在他身後的幾名孩子也發出同意的聲音。少年跑到桐人的身邊，以非常認真的模樣開口。

「哥哥，請你把剛才的武器借我！如果有那個，就算是軍隊那群人也會立刻逃走的！」

「不可以！」

紗夏高聲斥責。

「你們通通在這裡等著！」

這時，至今一直不發一語看著事態發展的桐人，就像要勸誡孩子們般舉起了右手。他平常雖然總是保持飄忽不定的態度，但在這種時候卻發揮出不可思議的存在感，令孩子們全都安靜了下來。

「——很可惜——」

桐人以冷靜的語氣說起話來。

「那個武器所需的能力素質太高了，你沒辦法裝備。由我們去幫忙吧。別看這位姊姊這樣，她可是強得亂七八糟啊。」

桐人瞄了亞絲娜一眼，亞絲娜也用力地點頭回應，站起身來面對紗夏說道：

「請讓我們去幫忙。至少人多一點比較好。」

「——謝謝，那我就恭敬不如從命了。」

紗夏深深一鞠躬，推了一下眼鏡說道：

「那麼不好意思，我們用跑的過去吧！」

衝出教會的紗夏，搖晃著掛在腰間的短劍一直線跑了出去。桐人與抱著結衣的亞絲娜也跟在她身後。亞絲娜在奔馳中往後瞥了一眼，看見後方跟著一大群孩子，但紗夏也沒有趕他們回去的意思了。

越過樹林進入東六區的市街，接著穿過小巷。似乎是抄最短距離的捷徑，在直直跑過NPC商店的店門口與民家的庭院時，就看見一群人堵在前方的小路上。從那灰綠與黑鐵色的統一裝備判斷，那至少有十個人的集團正是「軍隊」的人馬。

當毫不猶豫衝入巷子的紗夏停下腳步，注意到她的軍隊玩家們也跟著回頭，還浮現不懷好意的笑容。

「喔！保母登場啦！」

「……快把孩子們放了！」

紗夏以僵硬的聲音說道。

「不要說得這麼難聽嘛。我們只是教他們一些社會常識，馬上就會讓他們離開了啊。」

「沒錯沒錯，納稅畢竟是市民的義務嘛！」

接著男人便發出哇哈哈哈的尖銳笑聲，這令紗夏緊握的拳頭微微顫抖起來。

「銀！凱因！米奈！你們在那裡嗎？」

紗夏對著男子們的另一側呼喊，立刻傳回少女害怕的聲音：

「老師！老師……救救我們！」

「不用在意錢的事情，全給他們沒關係！」

「老師……沒用的……」

這次是彷彿硬擠出來的少年聲音。

「咯嘻嘻。」

其中一個堵住道路的男人，發出痙攣般的笑聲。

「那是因為你們積欠的稅金太高啦……光把錢交出來是不夠的啊！」

「沒錯沒錯，不把裝備交出來是不行的，再加上所有的防具……一個都不能少啊！」

看見男人們卑鄙的笑容，亞絲娜瞬間察覺到巷子裡究竟發生了什麼事。這群「徵稅隊」恐怕是要求包含少女在內的孩子們連衣服都全部解除。這令亞絲娜內心浮現出近似殺意的憤怒。

紗夏似乎也料想到這點，以只差沒直接毆打男子們的氣勢靠了過去。

「立刻……從那裡讓開！不然……」

「不然保母老師想怎樣？由妳來代替他們付稅金嗎？」

完全看不出這群嘻笑的男人有任何移動的意思。

在城鎮中，也就是街區的保護圈內，名為禁止犯罪指令的程式隨時運作著，因此無法做出傷害其他玩家或硬是移動對方等動作。但反過來說，也就無法排除阻擾行進的玩家，更造成像這種堵住通路把人擋起來的「屏障」，甚至是直接以數人包圍住對方，讓人一步也動不了的「包圍」等惡質騷擾。

不過這僅限於在地面上移動時才能辦到。亞絲娜看著桐人開口說道：

「桐人，我們上吧！」

「啊啊。」

點頭回應，接著隨意往地面一踢。

用盡敏捷力與筋力補正跳起的兩人，輕輕鬆鬆地飛越了以驚訝的表情抬頭看著的紗夏與軍隊成員頭上，落在牆壁圍住的空地。

「嗚哇！」

當場數名男子露出驚愕的表情並向後退開。

在空地的角落，有兩名看來不到十五歲的少年與一名少女互相依靠，僵硬地站在原地。防具已經全被解除，只穿著單薄的內衣。亞絲娜咬了一下嘴唇，往孩子們走過去並微笑著開口：

「已經沒事了，把裝備穿回去吧。」

面露驚訝的少年們立刻用力點頭，接著急忙忙將腳邊的裝備撿了起來，開始操作視窗。

「喂……喂喂喂！」

這時，其中一名回過神來的軍隊玩家叫了起來：

「你們是誰啊！想妨礙『軍隊』執行任務嗎！」

「等等。」

一名武裝比其他人更高一階的男子出面制止。看來應該是隊長。

「雖然我沒見過你們，但你們知道跟解放軍敵對代表什麼意思嗎？要帶你們去本部好好談一談嗎？」

隊長的瞇瞇眼帶著兇暴的光芒。從腰間將巨大的闊刀拔出來，做出刻意的動作，讓刀身在手上啪啪地拍出聲音並走了過去。刀的表面反射低沉的落日，發出一閃一閃的光芒。那是不曾受損與修理過的武器特有的剔透光澤。

「還是要到『圈外』走一趟，去圈外？啊啊？」

就在聽見這句話的瞬間。

亞絲娜緊咬的牙關發出了聲響。雖然內心想著最好能穩健地解決事情，但在看到因害怕而顫抖的少年少女時，她的憤怒已經破表。

「……桐人，結衣就由你照顧了。」

桐人接過結衣後，將不知何時實體化的亞絲娜的細劍以單手拋了出去。她接住並拔劍出鞘，然後往隊長快步走去。

「喔……喔……？」

亞絲娜突然對著嘴巴半開、還搞不清楚狀況的男子顏面發出了全力的單手突刺。

周圍瞬間染上紫色的閃光，然後是爆炸似的衝擊音效。男子僵硬的臉瞬間向後仰，就這麼呆呆地睜大眼睛當場跌坐在地。

「這麼想戰鬥的話，不用特別去練功區。」

亞絲娜走到男子面前，再一次揮動右手。接著出現閃光、巨響。隊長的身體就像彈開似的往後滾。

「放心吧，生命值不會減少。但是相對的，我會一直繼續下去。」

仰望踏著堅定步伐接近的亞絲娜，那名隊長就像終於領悟到她的意圖，嘴唇顫抖了起來。

在禁止犯罪指令圈內以武器攻擊玩家時，即使命中也會因為遭透明障壁阻撓而無法造成傷害。不過這個規則也有隱藏的含意在，那就是攻擊者不用擔心自己會被標上犯罪者顏色。

「圈內戰鬥」就是建立在這點上，通常用於訓練時的模擬戰。但是隨著攻擊者的能力數值與技能的提升，指令發動時的系統色光芒與衝擊音效變得過於強烈，而且取決於劍技的威力，雖然不多但也會發生擊退的情況。那種感覺對不習慣的人來說，就算知道生命值不會減少也無法承受。

「咿啊……住、住手……」

遭亞絲娜的劍擊打倒在地的隊長發出了高分貝的慘叫。

「你們……不要只會在旁邊看……快阻止她啊！」

因為這股叫聲而回神的軍隊成員紛紛拔出武器。

在南北方通路擔任屏障的玩家，也因察覺到預料外的事態而跑了過來。

以彷彿回到狂戰士時代的燦爛眼神瞪著排出半圓陣形的男子們，亞絲娜不發一語踏地奔馳，接著往集團的正面劈了過去。

下一剎那，連續的巨響與尖叫充滿了這個狹小的空地。

約三分鐘後。

冷靜下來的亞絲娜停住腳步垂下細劍。空地僅剩幾名軍隊的玩家虛脫地倒在地上，其餘的人全都拋棄隊長逃了出去。

「呼……」

喘了口大氣，將細劍收回鞘中轉身——就看見紗夏與教會的孩子們瞠目結舌呆立的模樣。

「啊……」

亞絲娜屏息退了一步。想到自己憑著怒氣大鬧的模樣可能嚇到孩子們，她喪氣地低下頭。

但是，每次都負責帶頭的紅髮刺蝟頭少年突然興奮地叫了起來：

「好厲害……大姊姊真的好厲害喔！剛剛的景象還是我第一次看到耶！」

「我不是說過這個大姊姊強得亂七八糟嗎？」

桐人邊笑邊走了過來。他左手抱著結衣，右手則握著劍。看來剛剛有幾個人跑去當他的對手了。

「……嘿、嘿嘿嘿。」

亞絲娜像是不知該作何反應地笑了出來，孩子們全都跟著歡呼並一窩蜂跑了過來。紗夏也將雙手緊握在胸前，眼帶淚光地露出邊哭邊笑的表情。

就在這時——

「大家……大家的心……」

傳來一陣細微但清晰的聲音。亞絲娜立刻抬起頭來。在桐人懷裡不知何時醒過來的結衣望著半空中，伸出了右手。

亞絲娜連忙往那個方向看去，但那裡空無一物。

「大家的心……都……」

「結衣！妳怎麼了，結衣！」

聽見桐人的聲音，結衣眨了兩、三下眼睛後，露出驚恐的表情。亞絲娜趕緊跑過去握住結衣的手。

「結衣……妳想起什麼了嗎？」

「……我……我……」

她皺著眉低下頭去。

「我……沒有住在這裡……一直都……一個人……待在很黑的地方……」

彷彿因為想起了什麼，結衣面露痛楚咬住嘴唇。接著，突然——

「嗚啊……啊……啊啊啊！」

她的臉向上抬起，細小的喉嚨發出高聲慘叫。

「……！」

在SAO中第一次聽見的沙沙雜音在亞絲娜耳邊響起。下一刻，結衣僵硬的身體各處，開始出現彷彿快崩解的激烈震動。

「結……結衣……！」

亞絲娜也跟著驚叫，並用雙手緊緊抱住結衣的身體。

「媽媽……我好害怕……媽媽……！」

亞絲娜將發著細微慘叫聲的結衣從桐人手中接過，並緊緊擁入懷中。直到數秒後，這個奇怪的現象消失，結衣僵硬的身體才放鬆。

「剛剛……究竟是怎麼回事……」

桐人空虛的細語，低沉地流過一片寂靜的空地。

3

「米奈，幫我拿一個麵包！」

「喂！不專心吃會灑出來喔！」

「啊——老師！小陣把我的荷包蛋拿走了！」

「明明就用紅蘿蔔跟你交換了！」

「這……真是驚人……」

「是啊……」

這如同戰場般的早餐景象，讓看在眼裡的亞絲娜與桐人呆愣地低聲說道。

這裡是起始之城鎮東七區的教會一樓大廳。二十幾名孩子正鬧哄哄地吃著排滿兩張巨大長桌的大盤香腸、蛋和蔬菜沙拉。

「不過，大家看起來都很開心。」

與桐人、結衣、紗夏一起坐在稍遠的圓桌旁，亞絲娜笑著將茶杯舉到嘴邊。

「每天都這樣喔。不管怎麼跟他們說都安靜不下來。」

雖然嘴上這麼說，紗夏那看著孩子們瞇起的眼睛仍充滿了發自內心的關愛。

「妳真的很喜歡小孩子呢。」

亞絲娜才講完，紗夏便露出了害羞的笑容。

「在另一邊時，我在大學有修教育學分。學生不聽老師的話不是一直以來的問題嗎？我原本很熱血地想，這些小鬼就由我來教吧！不過來到這裡，跟那些孩子一起生活後，發現傳聞跟現實真的差太多了……我甚至覺得，我還比較常受到他們的扶持呢。不過，該說這樣也很好嗎……其實這樣才是最自然的吧。」

「我好像也能理解。」

亞絲娜點點頭，輕撫坐在旁邊椅子上專心用湯匙吃著東西的結衣的頭。結衣的存在帶來驚人的溫暖。跟與桐人相互碰觸時那種，胸口會揪成一團的愛情不同，這種感覺更加沉靜且令人安心，就像用看不見的羽毛包覆著，或是被羽毛抱住一樣。

昨天，結衣雖然因充滿謎團的症狀發作而昏倒，幸好幾分鐘後就醒了。但是，亞絲娜不想立刻進行長距離移動或使用轉移門，而且紗夏又非常熱情地邀約，最後決定借住在教會的空房間一晚。

結衣今天早上的身體狀況也不錯，所以亞絲娜跟桐人稍微鬆了口氣。但基本情況還是沒有改變。從結衣稍微恢復的記憶看來，她既沒有來過起始之城鎮，而且原本就不曾跟監護人住在一起。這麼一來，就更搞不清楚結衣喪失記憶與退化成幼兒等症狀的原因，也想不出還能幫她什麼忙。

不過，亞絲娜在心底下了決定。

今後要一直與結衣一起生活直到她恢復記憶為止。即使假期結束、回到前線的時刻來臨也是，肯定會有什麼方法——

當亞絲娜摸著結衣的頭髮陷入沉思時，桐人放下茶杯開口：

「紗夏小姐……」

「是？」

「……我想問一下關於軍隊的事情。就我所知，雖然那群人過於專橫，但還是熱心於維持治安。不過昨天看到的那群人已經等於犯罪者了……大概是什麼時候開始變成這樣的呢？」

紗夏的嘴角抽動了一下回答：

「大概是在半年前左右，開始感覺到他們的方針改變……有開始以徵稅之名做出等同恐嚇行為的人，也有反過來取締這種行為的人。軍隊的成員們互相對立的場景更是不斷上演。聽說，是因為上層發生權力鬥爭之類的情況……」

「嗯……畢竟現在的軍隊已經是成員高達千人以上的巨大集團，很難完全不分裂對立……但如果昨天那種行為變成常態，那可不能放著不管……亞絲娜。」

「怎麼了？」

「那傢伙知道這個狀況嗎？」

亞絲娜從藏在「那傢伙」這個名詞中的厭惡感，察覺到桐人指的是誰，一邊努力忍笑一邊說道：

「應該知道吧……希茲克利夫團長連軍隊的動向都很清楚。不過，該怎麼說呢，那個人似乎只對高等級的攻略玩家有興趣……雖然從以前就常對桐人的事情問東問西，不過當要討伐殺人公會『微笑棺木』時，卻只說了句交給你們去辦。所以他大概不會為了軍隊做的事情而出動攻略組吧。」

「嗯，要說很有那傢伙的風格也是可以啦……不過只有我們的話，能做的事很有限。」

皺著眉頭準備啜飲一口茶的桐人突然抬起頭，往教會入口的方向看去。

「有人來了，一個人……」

「咦……又有客人嗎……」

大聲的敲門聲與紗夏的話語重疊在一起，響遍整個屋內。

與腰間掛著短劍的紗夏，以及為慎重起見而跟著過去的桐人一起走進餐廳的，是一位身型修長的女性玩家。

銀色長髮綁成一束馬尾，適合用伶俐來形容的端正臉龐上那雙天藍色眼睛，發出令人印象深刻的光芒。

雖然在SAO中，髮型、髮色，甚至瞳色都能自由更換，但畢竟還是日本人，適合如此強烈色彩設定的玩家可以說非常稀少。亞絲娜自己也有將頭髮染成櫻桃粉紅，在發現不適合後又調回栗子色，這段不足為外人道的過去。

亞絲娜對這名女性玩家的第一印象，包含了覺得對方真美、真成熟的憧憬。之後將視線移到她的裝備上時，不禁全身僵硬。

雖然被鐵灰色的斗蓬遮住，但女性玩家身上穿的深綠色上衣、大腿部位寬鬆的褲子，以及像不鏽鋼發出微弱光芒的金屬鎧甲，正是「軍隊」的制服。右邊腰間掛著短劍，左邊則吊著一圈圈捆起來的黑皮鞭。

注意到女性那身打扮的孩子們也全都閉上了嘴，眼中浮現警戒的神色停下動作。不過，紗夏對孩子們露出笑容，接著像要讓他們安心般說了：

「不用害怕這個人喔，大家繼續吃飯吧。」

雖然乍看不太可靠，但受到孩子們絕對信賴的紗夏這麼一說，大家全都鬆了口氣，餐廳瞬間又恢復了吵鬧聲。這時走到圓桌旁的女性玩家，對著請她就坐的紗夏輕輕行了個禮，接著坐到椅子上。

搞不清楚狀況的亞絲娜以眼神詢問桐人，但坐上椅子的他也歪著頭對亞絲娜說：

「呃——她是由莉耶兒小姐，似乎是有事情找我們。」

名為由莉耶兒的銀髮長鞭使先直視著亞絲娜一下，接著點頭說道：

「初次見面，我是隸屬於公會ＡＬＦ的由莉耶兒。」

「ＡＬＦ？」

亞絲娜回問了這個第一次聽到的名字。女性微微地縮了縮脖子。

「啊，抱歉，這是艾恩葛朗恩解放軍的簡稱。因為正式名稱對我來說頗為棘手……」

女性的聲音是平穩又豔麗的低音。經常覺得自己的聲音很孩子氣的亞絲娜感到更加羨慕，並且回打招呼。

「初次見面，我是公會血盟騎士團的——啊，不，目前暫時退團中。我叫亞絲娜，這孩子是結衣。」

花了不少時間清空裝了湯的盤子，現在正在挑戰果汁的結衣仰起了臉，注視著由莉耶兒。雖然她帶著些許疑問，但立刻露出笑臉並再度轉回視線。

而由莉耶兒在聽到血盟騎士團的瞬間，瞪大了天藍色的眼睛。

「KoB……原來如此，難怪能輕易解決那群人。」

領悟到「那群人」指的是昨天的暴力恐嚇集團後，亞絲娜再度加強警戒心說道：

「……也就是說，妳是來為昨天那件事提出抗議的囉？」

「不不，沒這回事。我還想反過來謝謝你們，真是做得太好了。」

「……」

面對完全搞不清狀況而沉默下來的桐人與亞絲娜，由莉耶兒端正姿勢。

「今天過來的目的，是有事想拜託兩位。」

「拜、拜託……？」

搖曳著銀髮點點頭，這位軍隊的女性劍士繼續說著：

「是的，我從頭開始說明。軍隊這個名稱，並不是從以前就開始使用了……變成軍隊，也就是ALF這個現在的名稱，是在過去的副會長，也就是現在的實際支配者，名為牙王的男子掌握實權後的事情。最初的名稱是公會MTD……你們有聽說過嗎？」

亞絲娜不曾聽過，但桐人立刻回答：

「『MMOTODAY』的簡稱對吧。SAO開始時，日本最大的網路遊戲綜合情報站，組織公會的應該是那裡的管理者，我記得名字是……」

「辛卡。」

說出這個名字時，由莉耶兒的表情稍微扭曲了一下。

「他絕對……不是想結成像現在這種獨善其身的組織。他只是想均等地將情報、食物等等資源盡量分配給更多的玩家……」

關於這點，亞絲娜也曾聽說過「軍隊」的理想與破滅。以多人數狩獵怪物，既能盡量避免危機，也得到安定的收入來平均分配，就思想本身並沒有錯。但ＭＭＯＲＰＧ的本質是玩家之間的資源搶奪，即使是在ＳＡＯ這處於極度異常狀況的遊戲中也是一樣。不，或許該說，正是因為如此才更會這樣。

所以，為了實現這個理想，組織實際擁有的規模與強大的領導者是不可或缺的。關於這點，軍隊實在過於龐大。不正當隱匿道具、肅清、反彈等行為不斷發生，領導者也慢慢失去了領導力。

「在這時竄出頭來的就是那個名為牙王的男人。」

由莉耶兒以不快的語調說著：

「他以辛卡採用放任主義為藉口，與跟他一夥的幹部玩家們一同提出要加強體制，並將公會名稱改成艾恩葛朗特解放軍。接著更推動狩獵犯罪者跟高效率獨佔練功區的公認方針。到那為止，雖然多少考慮到要與其他公會保持友好，所以遵守著練功區禮儀，但不斷以多數暴力長時間獨佔練功區，除了讓公會的收入快速增加，牙王一派的權力也慢慢變得強大。最近，辛卡幾乎已經成了裝飾品……牙王派的玩家們也得意忘形了起來，連在街道區圈內也開始行『徵稅』之名的恐嚇行為。昨天遭你們迎頭痛擊的，正是那群人當中的急先鋒。」

由莉耶兒喘了口氣，在喝下紗夏所泡的茶後繼續說道：

「不過，牙王派也是有弱點的，那就是只顧著增加資產，持續無視攻略遊戲。這讓『這是本末倒置吧！』的聲音在末端的玩家之間不斷擴大……為了壓抑這股不滿，牙王最近下了無理的賭注，從部下當中選出等級最高的十幾名玩家組成攻略隊伍，並派去最前線攻略頭目。」

亞絲娜不禁與桐人對望。他們對沒有做任何準備，就挑戰第七十四層迷宮區的樓層頭目「閃耀魔眼」，最後悽慘地死去的軍隊所屬玩家柯巴茲還記憶猶新。

「即使是高等級，但不可否認我們原本就無法與攻略組的人相提並論……最後更造成隊伍敗退、隊長死亡這種最糟的結果，牙王也因為無謀的行為招致糾彈。差點就能將他放逐……」

由莉耶兒皺起高挺的鼻子並咬著嘴唇。

「三天前，走投無路的牙王使出強行策略陷害辛卡。他使用出口設定在迷宮深處的迴廊水晶，反過來放逐了辛卡。那時，辛卡因為相信牙王說的『要解除武裝好好談談』，所以沒有任何武裝。這樣根本不可能單獨從迷宮最深處突破怪物群回來。好像連轉移水晶都沒帶……」

「三、三天前……？那辛卡他……？」

亞絲娜反射性問出這個問題，由莉耶兒微微點頭回應。

「他的名字在『生命之碑』上還好端端的，所以應該是成功抵達安全地帶了。只是地點是等級非常高的迷宮深處，所以沒辦法移動的樣子……如同你們所知道的，迷宮內無法傳送訊息，也無法在裡面連上公會倉庫，所以無法將轉移水晶送去給他。」

這種使用將出口設定在絕境深處的迴廊水晶殺害他人，被稱為「轉移ＰＫ」的主要手法，辛卡當然也知道。然而，可能是覺得就算反目也是同公會的副會長，應該不至於做到這種地步。或者該說，是不願意這麼想。

就像是讀取到亞絲娜的思考般，由莉耶兒輕聲說了句「他人就是太好了」後，繼續把話說下去：

「……能操作公會會長證明『約定之捲軸』的，只有辛卡跟牙王。如果辛卡就這樣永遠回不來，公會的人事跟會計將完全落入牙王手中。沒能防範辛卡掉入陷阱是身為副手的我的責任，我一定得去救他出來。但是我的等級無法突破監禁他的迷宮，也不能指望『軍隊』玩家的幫忙。」

她緊咬嘴唇，直視著桐人跟亞絲娜。

「就在這時候，我聽說城鎮出現非常強的雙人組，一直感到坐立難安，就跑來請你們幫忙了。桐人先生——亞絲娜小姐。」

由莉耶兒深深地低下頭說：

「你們也許覺得才剛見面就提出這種要求，臉皮未免太厚了。但拜託你們，請跟我一起去救辛卡。」

亞絲娜盯著講完這段長話後閉上嘴巴的由莉耶兒。

雖然很悲哀，但在SAO中不能輕易相信別人說的話。這次聽到的事情，也有可能是想誘騙桐人與亞絲娜到圈外加以迫害的陰謀。通常，如果對遊戲有充分的知識，就能從騙子的話語中找出破綻。但可惜的是，亞絲娜兩人對「軍隊」的內幕實在太過無知了。

與桐人對看一下，亞絲娜沉重地開口說了：

「──如果是辦得到的事，那我們願意幫忙──我是這麼想的。因此，我們必須對妳說的話做最低限度的調查以證明是真的……」

「這──是理所當然的……」

由莉耶兒微微低下頭。

「我也知道這是個很無理的要求……但是，一想到辛卡在黑鐵宮『生命之碑』上的名字隨時都有可能被刻上橫線，我就覺得快瘋了……」

看到銀髮的長鞭使那堅強的眼睛泛著淚光，亞絲娜的內心就忍不住動搖，更痛切地覺得想要相信她。但是同時，這兩年來在這個世界生活的經驗，正響著警鈴告訴自己，因感傷而行動是很危險的。

亞絲娜看向桐人，他也一樣非常猶豫。那雙看向這裡的黑色眼睛，映照出他正在想幫助由莉耶兒的心情，與擔心亞絲娜安全的心情之間搖擺不定。

——這時，至今一直保持沉默的結衣，突然從杯子抬起頭來說著：

「不要緊喔，媽媽。那個人，沒有說謊喔。」

這讓亞絲娜驚訝不已，目不轉睛地看著結衣。發言的內容就不用說了，剛剛聽到的可是流利的日文，到昨天為止那吞吞吐吐的說話方式彷彿是騙人的。

「結……結衣，妳能判斷這種事……？」

直直盯著結衣的臉問道，她點了點頭。

「嗯，我也……不太會解釋，可是我知道……」

聽見這句話的桐人伸出了右手，把結衣的頭髮摸得亂七八糟。然後面對亞絲娜露出笑容。

「與其後悔自己為什麼要懷疑人，還不如先相信再後悔。走吧，事情總有辦法的。」

「你還是一樣很悠哉哪。」

搖著頭如此回答的亞絲娜也伸手撫摸結衣的頭髮。

「對不起囉，結衣。要再晚一天才能去找妳的朋友了。」

小聲地如此細語，也不清楚是否真的了解話中含意的結衣露出大大的笑容，並用力點了點頭。亞絲娜再度輕撫那富有光澤的黑髮後，重新面對由莉耶兒，帶著微笑說：

「雖然微不足道，請讓我們幫妳忙吧。因為我也很清楚想救重要的人的那種心情……」

由莉耶兒那雙天藍色的眼睛泛著淚光，深深地低下頭去。

「謝謝……謝謝你們……」

「這句話請留到救出辛卡先生後再說吧。」

亞絲娜再次以笑容回應後，一直在旁默默看著的紗夏用雙手啪地拍了一下。

「既然這樣，那你們要好好補充營養喔！還有很多食物，由莉耶兒小姐也不要客氣喔。」

初冬的微弱陽光透過染上深色的行道樹樹梢，在石板地上拖出淺淺的影子。在起始之城鎮的小巷中行走的人極為稀少，與城鎮那令人覺得無限廣闊的感覺相結合，冷清的印象更是揮之不去。

完全武裝的亞絲娜與抱著結衣的桐人，在由莉耶兒的引導下快步在街道上前進。

當然，亞絲娜原本想將結衣託給紗夏照顧，但不管怎麼安撫，結衣都頑固地說要跟著一起去，最後不得已只好帶她來了。不用說，自然在她口袋裡準備了轉移水晶。如果有個萬一——雖然對由莉耶兒感到抱歉——就會使用逃離的手段。

「啊，這麼說來還沒問到重點耶。」

桐人對著走在前面的由莉耶兒說道。

「我們要去的迷宮在第幾層？」

由莉耶兒的回答很簡單。

「就在這裡。」

「……？」

亞絲娜不禁歪頭納悶。

「這裡……？」

「在起始之城鎮的……中央地下，有個很大的迷宮。辛卡……應該在那裡的最深處……」

「真的假的？」

桐人呻吟般說著：

「封測時可沒這種東西啊，太大意了……」

「那個迷宮的入口在黑鐵宮──也就是軍隊大本營的地下。這迷宮恐怕是隨著上層攻略的進度而開放的類型。是在牙王掌握實權之後發現的。他計畫要由自己的派閥獨佔。一直以來，辛卡，當然還有我，都被蒙在鼓裡……」

「原來如此，未突破迷宮中有很多只會出現一次的稀有道具。他應該狠狠賺了一筆吧。」

「這倒未必。」

這時由莉耶兒的語氣帶了些許的痛快。

「就設在基層來說，那個迷宮的難易度非常的高……光是基本配置的怪物就有第六十層左右的等級。牙王親自率領的先遣隊整個被掃回家，為了保命不得不使用轉移逃跑，聽說還因為水晶使用過度造成嚴重赤字呢。」

「哈哈哈，原來如此。」

由莉耶兒以笑容回應桐人的笑聲，但表情立刻又沉了下來。

「但是，現在也因此很難救出辛卡。牙王所使用的迴廊水晶，似乎是在為了逃離怪物追擊，而跑進非常深的地方時記錄下來的……辛卡則是在那個記錄地點的更深處。雖然就等級而言，是我可以單挑打倒的怪物，但我沒辦法連續戰鬥——不好意思，請問兩位……」

「啊啊，嗯，第六十層的話……」

「應該是沒問題。」

接過桐人的話尾，亞絲娜跟著點頭。雖然要以充分的餘裕，攻略配置在第六十層的迷宮需要等級是70，亞絲娜現在的等級已經達到87，至於桐人則超過了90。想著這麼一來，就算邊保護結衣也能成功突破迷宮，亞絲娜就鬆了口氣。然而由莉耶兒依然保持不安的表情繼續說著：

「……而且，還有一件必須注意的事情。這是從參與先遣隊的玩家口中聽來的，在迷宮的深處……看到了魔王級的巨大怪物。」

「…………」

亞絲娜與桐人對望。

「魔王也是第六十層左右的傢伙嗎……那裡的魔王長啥樣子？」

「嗯——記得是……類似石製鎧武者的傢伙。」

「啊——是那個啊……記得不是太麻煩……」

兩人轉頭面向由莉耶兒，再度點了點頭。

「總之，那應該沒什麼問題。」

「是嗎？那真是太好了！」

嘴角終於和緩下來的由莉耶兒，彷彿看著某個炫目的東西般，將眼睛瞇了起來繼續說著：

「是嗎……兩位似乎不斷地與魔王戰鬥……真的很抱歉，耽誤你們寶貴的時間……」

「不，反正我們現在正在休假。」

亞絲娜連忙揮著手。

就在對話的這段時間，一棟閃耀著黑色光芒的巨大建築物出現在前方街道的對面。那正是起始之城鎮最大的設施「黑鐵宮」。走進大門後，出現在眼前的廣場上設置了全部玩家的名冊「生命之碑」。雖然誰都可以自由進出，但往更深處延伸的區域則幾乎都被軍隊佔領了。

由莉耶兒沒有走向宮殿的正門，而是往後方繞了過去。高聳的城牆以及圍繞城牆的深溝渠，彷彿要拒絕入侵者般不斷延伸，完全沒有人在此通行。

走了幾分鐘後，由莉耶兒站定腳步的地方，是個從道路朝溝渠水面附近下降的樓梯。仔細一看，樓梯前端的右側石壁開了個通往黑暗道路的入口。

「從這裡進入宮殿的下水道，就能通往迷宮的入口。裡面有點陰暗狹窄……」

由莉耶兒話說到這裡便停了下來，以擔心的眼神看了在桐人懷中的結衣一眼。結衣看來有些不滿地皺起眉頭主張：

「結衣才不怕呢！」

這模樣令亞絲娜忍不住露出微笑。

關於結衣的事，只對由莉耶兒說明「我們在一起生活」，而她也沒有再過問。不過果然還是會為要帶結衣一起進迷宮感到不安。

亞絲娜為了讓她安心說道：

「沒問題的，這孩子比外表看起來更加堅強呢。」

「嗯，將來肯定會是個了不起的劍士。」

面對桐人的發言，由莉耶兒與亞絲娜相視而笑，並且大大地點了個頭。

「那麼，我們出發吧！」

「嗚喔喔喔喔喔！」

右手的劍「啪——」的一聲撕裂怪物。

「嗯啊啊啊啊啊啊！」

左手的劍「鏘——」地將之擊飛。

許久沒有裝備兩把劍的桐人，以要發散假期中囤積的能量般的氣勢，不斷蹂躪著接二連三跑出來的怪物群。牽著結衣的亞絲娜，與握著金屬鞭的由莉耶兒完全沒有出場的機會。當由覆蓋著黏滑皮膚的巨大青蛙型怪物，以及擁有泛著黑光巨鉗的螯蝦型怪物組成的敵方集團一出現，他便以近乎無謀的氣勢突進，暴風雨般將左右手上的劍揮舞再揮舞，瞬間壓制住敵方。

雖然亞絲娜心裡想著「真是的」，看著桐人的狂暴戰士行徑，但由莉耶兒卻是看得目瞪口呆。這幅光景跟她認知中的戰鬥肯定是天差地別吧。再加上結衣那天真無邪喊著「爸爸——加油喔——」的聲援，更令緊張感變得稀薄。

從陰暗潮濕的下水道進入由黑色石塊打造而成的迷宮，已經過了幾十分鐘。雖然比想像中的更深更廣，怪物的數量也很多，但因為桐人的雙劍以破壞遊戲平衡的氣勢不斷挺進，也讓兩名女性劍士絲毫不覺得累。

「這、這個……實在抱歉，完全沒有出手……」

亞絲娜對著因感到抱歉而縮著脖子的由莉耶兒露出苦笑並回答：

「不會啦，那已經算是一種病態了……隨他去吧。」

「什麼嘛，說得那麼難聽。」

將敵群掃蕩完畢走了過來的桐人，敏銳地聽見亞絲娜的話而嘟起嘴巴。

「那、要跟我交換嗎？」

「……再、再一下。」

亞絲娜與由莉耶兒相視而笑。

銀髮的長鞭使揮動左手叫出地圖，顯示出代表辛卡現在位置的朋友標誌光點。因為沒有這個迷宮的地圖，到光點為止的道路是一片空白，但已填滿全部距離的七成左右了。

「辛卡的位置已經有幾天沒有移動了，所以應該是待在安全區域裡。只要能到那裡，就只差用水晶脫離了……不好意思，還要請你們再幫一下忙。」

由莉耶兒把頭低下去，桐人連忙揮起手來。

「不、不，我是自願幫忙的，而且還拿到道具了……」

「咦——」

亞絲娜立刻反問：

「拿到什麼好東西嗎？」

「喔——」

桐人俐落地操作著視窗，表面隨著「咚嚓」的音效出現紅黑色的肉塊。那異樣的質感，令亞絲娜的臉忍不住抽搐。

「這……這是什麼？」

「青蛙肉！據說跟特殊食材一樣好吃。等一下就麻煩妳料理囉！」

「絕、對、不、要！」

亞絲娜大喊，並同樣開啟視窗。移動到與桐人共通的道具欄，毫不留情地點住「腐肉食蟾蜍的肉×24」這行文字列，接著丟進垃圾桶。

「啊！啊啊啊啊啊……」

看著擺出世上最丟臉的表情高聲慘叫的桐人，壓抑不住的由莉耶兒抱著肚子，呵呵呵地笑了出來。就在這個瞬間。

「這是姊姊第一次笑耶！」

結衣高興地叫著，臉上也堆滿了笑容。

見到這一幕，亞絲娜想起某件事。這麼說來——昨天結衣症狀發作的時間點，也是在擊敗軍隊的人馬，讓孩子們一起笑出來之後。看來少女似乎對周遭的笑容特別敏感。這究竟是少女與生俱來的個性，還是因為她至今一直過得很辛苦——想到這裡，亞絲娜不禁抱起結衣，緊緊地擁著她，同時在內心發誓，要永遠帶著笑容陪在這孩子的身邊。

「來，繼續前進吧！」

亞絲娜這麼說著。一行人踏出腳步往更深處前進。

剛進入迷宮時，以水中生物型為主的怪物群隨著樓層下降，也變化成僵屍、鬼魂之類的恐怖系。雖然亞絲娜因此心驚膽跳，但桐人卻毫不介意地用雙劍持續瞬間屠殺出現的敵人。

通常高等級玩家在比自己程度低的練功區大鬧是很沒禮貌的事。但這次沒有別人，所以沒必要在意。如果時間充足，甚至可以從旁輔助由莉耶兒升級，但現在最優先的事情是救出辛卡。

轉眼間，時間已經過了兩個小時。一行人也以穩定的速度，接近地圖上標示的現在位置，與辛卡所在的安全區域之間的距離。在數不清是第幾隻黑色骨骸劍士遭桐人的劍擊碎打飛後，終於看見流洩出溫暖光芒的通道。

「啊，是安全地帶！」

在亞絲娜說話的同時，用搜敵技能做完確認的桐人也跟著點頭。

「裡面有一名綠色玩家。」

「辛卡！」

彷彿再也無法忍耐的由莉耶兒叫了一聲，就踏著讓金屬鎧甲作響的腳步跑了出去。雙手提著劍的桐人，跟抱著結衣的亞絲娜也慌忙跟了上去。

在向右彎曲的通道上往光源跑了數秒後，終於在大十字路口的前方看見一間小房間。

房間充滿讓習慣黑暗的眼睛感到刺眼的光，有一名男子就站在入口。雖然因為逆光而看不清楚臉，但他正向著這裡激烈地揮著雙臂。

「由莉耶兒——！」

在確認來者的瞬間，男子大聲叫著名字。由莉耶兒也揮著左手，並加快了跑步的速度。

「辛卡——！」

彷彿要蓋過那帶著哭腔的聲音，男子大叫著——

「不可以過來——！通道那邊……！」

亞絲娜聽了嚇了一跳，立刻緩下了腳步。但由莉耶兒似乎已經聽不進去，只顧著往房間一直線跑過去。

這時。

在房間前方數公尺處，與三人所跑的通道成直角交叉的另一條道路右側死角，突然出現了一個黃色的浮標。亞絲娜迅速確認了該名稱，顯示為「The Fatal-scythe」——在意為命運之鐮的專有名詞前所加上的定冠詞，正是頭目怪物的證明。

「不行——！由莉耶兒小姐，快回來！」

亞絲娜大叫。而黃色浮標也迅速往左邊移動，逐漸接近十字路的交叉點。這樣下去，只要數秒就會在交叉口撞上由莉耶兒。

「唔！」

突然，跑在亞絲娜左前方的桐人彷彿——瞬間消失了。實際上是以非常誇張的速度奔馳出去，磅的一聲衝擊音更震得四周牆壁微動。

以等同於瞬間移動的氣勢移動了幾公尺距離的桐人，用右手從背後一把抱住由莉耶兒的身體，左手則用力將劍刺入石製地板，發出尖銳的金屬音與大量的火花。巨大的黑影發出轟隆隆的響聲震動地面，從以連空氣都會燒焦的緊急煞車，停在十字路口前的兩人面前橫切而過。

黃色浮標衝進左側的通道，還移動了十公尺左右才停住。看不見模樣的怪物緩緩改變方向，感覺就像要再次衝過來。

桐人放開由莉耶兒，拔起刺入地面的劍，往左邊通道跑進去。亞絲娜也連忙追了上去。

扶起茫然倒在地上的由莉耶兒，並將她推到交叉口的另一側，接著放下懷中的結衣交給她照顧後，亞絲娜簡短地大喊：

「請帶著這孩子一起退到安全地帶去！」

確認長鞭使臉色蒼白地點點頭，並抱起結衣往房間走去後，亞絲娜拔出細劍往左邊前進。

桐人握著雙劍站定的背影映入亞絲娜眼中。在更深處飄浮著的——是身高約兩公尺半，罩著破爛黑色長袍的人形黑影。

兜帽深處與伸出袖口的手臂上，全都纏繞著高密度黑暗蠢動著。那陷入黑暗的臉上嵌著的眼球佈滿栩栩如生的血管，正轉動著俯視兩人。右手上握著一把又長又大的鐮刀，一滴滴的紅色黏稠水滴不斷從那兇惡的彎曲刀刃滴落。整體而言，正是死神的模樣。

死神轉動眼球，直直盯著亞絲娜看。在這個瞬間，亞絲娜的心臟彷彿遭到一股純粹的恐懼感揪住，惡寒更貫穿她的全身。

不過，就等級而言應該不足畏懼吧。

就在她這麼想著並舉起細劍時，站在前方的桐人以沙啞的聲音說道：

「亞絲娜，妳立刻到安全區域帶著另外三個人用水晶轉移出去。」

「咦……？」

「這個傢伙相當棘手。就連使用我的識別技能都沒有辦法得到資料，強度應該有第九十層的等級……」

「…………！」

亞絲娜倒吸一口氣，全身僵硬。這時，死神也緩緩在空中移動，往兩人靠了過來。

「我負責拖時間，快逃！」

「桐、桐人也一起……」

「我隨後就到！快走……！」

即使是最後的脫逃手段，轉移水晶也不是萬能的道具。從握著水晶、指定轉移地點到實際發動為止，會出現幾秒鐘的延遲。若在這段時間內受到怪物的攻擊，轉移也會遭到取消。隊伍的指揮系統崩壞時，一旦出現任意轉移的人，會無法拖延時間發動轉移而造成死亡，就是這個原因。

亞絲娜陷入一陣迷惘。即使四個人先進行轉移，桐人靠自己的腳力應該也能不讓頭目追上而抵達安全區域。但是頭目剛才的突進速度實在不容小看。如果說——自己先脫離後，他卻沒有出現。這點令亞絲娜無法承受。

亞絲娜瞥了一眼右側通道的深處。

——結衣，對不起，我答應過要一直陪在妳身邊的……

內心這麼想著，同時大叫：

「由莉耶兒小姐，結衣就拜託妳了！你們三個人一起逃走吧！」

由莉耶兒露出僵硬的表情搖搖頭。

「這……這怎麼可以……」

「快點！」

這時，緩緩揮動鐮刀的死神從長袍的下襬散出瘴氣，並來勢洶洶地開始突進。

桐人將雙劍架成十字，直挺挺地站到亞絲娜前方。亞絲娜也拚命抱住他的背，並把右手上的劍架在桐人的雙劍上。而死神完全不在乎那三把劍，以兩人的頭頂為目標揮下鐮刀。

紅色的閃光。衝擊。

亞絲娜感覺自己在旋轉。先是撞到地面，接著反彈撞上天花板，最後又掉回地上。呼吸停止，視野一片漆黑。

在朦朧的意識下確認自己跟桐人的ＨＰ條，發現兩人都因為這一擊失去一半以上的生命值。那無情的黃色，代表他們將無法挺過下一次攻擊。要是不站起來的話……雖然腦中這麼想，身體卻動彈不得——

——就在這時。

啪啪的細微腳步聲傳入耳中。亞絲娜驚訝地轉動視線，那彷彿不知道前方有危險的小貓般天真無邪、不斷前進的步伐就映入眼中。

纖細的手腳、長長的黑髮。正是原本應該在後面安全地帶的結衣。那不帶一絲恐懼的視線正直視著巨大的死神。

「傻瓜！快點逃走啊！」

桐人拚命撐起上半身，同時如此大叫。死神再次沉重地揮下鐮刀，如果捲入那種範圍的攻擊，結衣的生命值將確實消散。亞絲娜也試圖說些什麼，但嘴唇僵硬得說不出來話來。

然而，下個瞬間卻發生了令人不敢置信的事情。

「爸爸、媽媽，不用擔心。」

在說話的同時，結衣的身體浮上半空中。

那不是跳躍，而是像拍動著看不見的羽翼移動、懸停在兩公尺左右的空中，接著輕輕舉起那過於細小的右手。

「不可以……！結衣，快點逃走！快啊！」

就像要打消亞絲娜的喊叫般，死神的大鐮刀拖著赤黑色的光芒，毫不留情地揮落。那只能以兇惡形容的銳利斬擊，眼看就要碰到結衣白色的手掌——

這時，鮮豔的紫色障壁擋住鐮刀，伴隨著巨響彈了開來。亞絲娜愕然地凝視著出現在結衣手掌前的系統標示。

那裡確實顯示「Immortal Object」。不死存在——不可能賦予玩家的屬性。

黑色死神彷彿為此感到不知所措般轉動眼球。但在那之後，發生了更讓亞絲娜感到驚訝的現象。

隨著「轟！」的聲響，以結衣的右手為中心竄起一團紅蓮之焰。火焰在一瞬間擴散，之後立刻凝聚、纏繞成細長狀。眼看漸漸化為一把巨劍。閃耀著焰色的刀身從火焰中浮現，而且不斷延伸。

出現在結衣右手的巨劍，長度遠比她的身高還長。那彷彿熔點前金屬般的光芒將通道完全照射出來。宛如被劍上的火焰搧去般，結衣身上的厚重冬衣全在一瞬間燒散，而一開始披在她身上的白色連身裙跟著出現。不可思議的是，那件連身裙以及長長的黑髮雖然也捲入火舌之中，卻完全不受影響。

她將那把遠超過自己身高的劍「嗡！」的旋轉一圈——

看不見絲毫的猶豫，結衣拖著火焰的軌跡往黑色死神發動攻擊。

明明只是單純基於系統運算而做出動作的魔王怪物，亞絲娜卻覺得從那滿是血絲的眼球中，看見明顯的恐懼神色。

全身纏著火焰漩渦的結衣，伴隨著巨響在空中突進。死神像是害怕這個遠比自己嬌小的少女，往前方舉起大鐮刀，擺出了防禦姿勢。結衣面對死神，從正面奮力揮下巨大的火焰劍。

激烈噴發著火焰的刀身與打橫高舉的大鐮刀柄互相碰撞。兩者都在一瞬間停了下來。

才剛這麼想，結衣的火焰劍再次動了起來。無可計量的熱能彷彿將金屬灼燒、切開般，發光的刀刃一點一點地吃進鐮刀刀柄。結衣的長髮、連身裙，以及死神的長袍都以即將被撕碎的勢頭往後飛起，有時飛散出來的巨大火花更將迷宮內染上明亮的橘色。

終於——

死神的鐮刀隨著一聲轟然巨響從中斷成兩半。下一瞬間，化為炎柱的巨劍將至今積蓄的能量全都爆發出來，往魔王的臉中央砍了下去。

「……！」

亞絲娜與桐人因為那瞬間出現的大火球強大的氣勢，不禁瞇起眼睛，同時舉起手臂護住臉龐。在結衣直線將劍揮落的同時，火球跟著爆炸，紅蓮的漩渦把死神巨大的身軀捲入，往通道深處流竄進去。在一聲巨響中，微微聽到臨死前的慘叫聲。

睜開因火焰過於炫目而閉上的眼睛時，頭目的身影已經消失。通道到處都是殘留的小小火苗搖曳著，還發出啪滋啪滋的聲音。而在正中央，只有結衣一個人低頭站著。插在地板上的火焰劍跟出現時一樣，發出火焰熔解消失。

亞絲娜撐起總算恢復氣力的身體，用細劍代替柺杖慢慢站了起來。桐人也稍晚一步跟著起身。兩人搖搖晃晃地往少女靠近了幾步。

「結……衣……」

亞絲娜用沙啞的聲音叫出她的名字，少女靜靜地轉過頭來。小小的嘴唇浮現出笑容，但那又大又漆黑的眼睛卻積滿了淚水。

結衣仰望著亞絲娜與桐人，平靜地說道：

「爸爸……媽媽……我全都想起來了……」

黑鐵宮地下迷宮最深處的安全區域是個完整的正方形。入口只有一個，中央擺設了磨得發亮的黑色立方體石桌。

亞絲娜與桐人坐在石桌上，無言地看著結衣。由莉耶兒與辛卡已經早一步離開，所以如今只剩三個人。

說完「恢復記憶了」之後，結衣維持了幾分鐘的沉默。她的表情不知為何看來非常悲傷，讓亞絲娜猶豫要不要對她說話，最後還是下定決心開口：

「結衣……妳想起來了嗎……？關於自己以前的事情……」

結衣繼續低著頭一會，然後用力點了點頭。仍舊哭著但露出笑容，動起小小的嘴唇。

「是的……桐人、亞絲娜──我現在就跟你們說明。」

在聽到這慎重語氣的瞬間，不好的預感緊緊揪住了亞絲娜的胸口。她無奈地確信，有某樣事物結束了。

在四角型的房間裡，結衣的話語緩緩地開始流洩出來。

「這個名為『Sword Art Online刀劍神域』的世界，是由一個龐大的系統進行管制。系統的名稱為『Cardinal』，它能基於自己的判斷來管制這個世界的平衡。而且Cardinal原本就是以不需要人類維護的概念設計出來的。以兩個主程式相互訂正錯誤，再使用無數的副程式進行世界的所有調整……怪物跟NPC的AI、道具跟通貨的出現平衡，全部都由Cardinal指揮下的程式群進行操作──但是，有一個任務一定得由人類來執行。因玩家的精神狀況而導致的麻煩，只有人類能夠解決……因此，原本準備了數十人規模的工作人員……」

「ＧＭ……」

桐人輕聲呢喃。

「結衣，這麼說妳是遊戲管理者……？ＡＲＧＵＳ的工作人員……？」

結衣保持數秒鐘的沉默後，輕輕搖了搖頭。

「……Cardinal的開發者們，想將照顧玩家的任務也交由系統負責，因此試做了某個程式。利用NERvGear的特性，詳細監控玩家的心理狀態，造訪有問題的玩家，傾聽他們的心聲……『精神狀況管理．支援用程式（Mental Health Care Counseling Program）』，ＭＨＣＰ試作一號，程式代碼『Ｙｕｉ』。也就是我。」

過度驚訝的亞絲娜倒吸了一口氣，一時間無法理解剛剛所聽到的事情。

「程式……？是ＡＩ嗎……？」

沙啞地提出問題後，結衣保持悲傷的笑容點頭。

「為了不讓玩家有不協調感，所以也賦予我感情模仿機能——這全都是假的……包括這眼淚在內……亞絲娜小姐，對不起……」

眼淚不斷從結衣的雙眼流了出來，化為光的粒子消散。亞絲娜輕輕踏出一步，往結衣身邊靠過去。手伸出去，結衣卻微微搖了搖頭，彷彿在說——自己沒有接受亞絲娜擁抱的資格。

亞絲娜到現在仍無法相信這件事，硬是把話擠了出來。

「但是……但是，妳不是失去記憶了嗎……？ＡＩ會發生這種情況……？」

「……兩年前……在正式營運開始的那天……」

結衣低下視線，繼續說明。

「我也不清楚究竟發生了什麼事，但Cardinal對我下了預定以外的命令。禁止一切干涉玩家的行為……這使得我只能在不被允許具體接觸的情況下，持續監控著玩家的精神狀況。」

亞絲娜反射性察覺那個「預定外的命令」，是來自ＳＡＯ唯一的遊戲管理者．茅場晶彥的操作。結衣應該沒有任何關於這號人物的情報。她幼小的臉龐浮現沉痛的表情接著說：

「狀態可以說是——惡劣到了極點……幾乎所有的玩家，都隨時籠罩在恐懼、絕望、憤怒等等負面感情下，有時還會有陷入瘋狂狀態的人出現。持續看著這些人們內心的我，本來應該要立刻趕到那些玩家身邊傾聽他們的心聲，協助解決問題……但我卻無法主動接觸玩家……擁有義務卻沒被賦予權力的矛盾情況，讓我不斷累積錯誤，開始逐漸崩壞……」

在這安靜的地下迷宮底層，只有結衣那宛若銀線震動的細微聲音飄盪著。亞絲娜與桐人只能沉默地聽著她的述說。

「某一天，我一如往常地進行監控，突然注意到兩名玩家擁有與他人迥異的精神數值。那股腦波是我至今不曾接收過的頻率。高興……安穩……但又不只是如此……我很好奇這究竟是什麼樣的感情，便持續觀察著那兩個人。當我看著他們的對話與行動時，內心也產生了不可思議的渴望。那並非工作的流程……但我想去那兩個人的身邊……想要直接跟他們對話……因為想更接近一點，我每天都在距離兩人居住的玩家房屋最近的系統管理裝置實體化，並四處徘徊。我在那時可能就已經幾乎故障了吧……」

「那是指第二十二層的那座森林嗎……？」

結衣緩緩點了點頭。

「是的，桐人、亞絲娜……我一直都很想……跟兩位見面……當我在森林中看見你們的身影時……真的非常高興……很奇怪吧，明明應該不會有這種事……我只是個程式而已……」

眼淚不斷掉了下來的結衣閉上了嘴。而受到某種無法形容的感情衝擊的亞絲娜，則將雙手緊握在胸前。

「結衣……妳是真正的ＡＩ對吧？妳擁有真正的知性啊……」

亞絲娜如此呢喃，結衣則微微歪著頭回答：

「我……不知道……我不知道自己究竟怎麼了……」

這時，一直保持沉默的桐人往前跨了一步。

「結衣已經不只是由系統操作的程式，所以才能將自己的希望說出口。」

接著以溫柔的語調問道：

「結衣的願望是什麼？」

「我……我……」

結衣拚命將纖細的雙手往兩人伸了出去。

「我想要永遠跟你們在一起……爸爸……媽媽……！」

亞絲娜沒有擦拭溢出的淚水，跑到結衣身旁緊緊抱住那小小的身體。

「我們要永遠在一起喔，結衣。」

桐人也跟著擁抱住結衣與亞絲娜。

「啊啊……結衣是我們的孩子喔。回家吧，我們要永遠……一起生活下去……」

但是——在亞絲娜懷中的結衣卻輕輕搖了搖頭。

「咦……」

「已經……太遲了……」

桐人以不知所措的聲音問道：

「怎麼回事……太遲了是指……」

「我能恢復記憶……是因為接觸到那塊石頭的關係……」

結衣的視線往房間中央望去，小小的手指著座落在那裡的黑色立方體。

「剛才亞絲娜小姐讓我躲到這個安全區域時，我偶然觸碰到那塊石頭，也因此得知，那並非單純的裝飾物件……而是為了讓ＧＭ能緊急連上系統所設置的管理裝置。」

結衣的話語彷彿藏了某種命令，黑色石頭上突然出現數條光束。接著砰的一聲，表面浮現出青白色的全息鍵盤。

「剛剛那隻魔王怪物，應該算是為了不讓玩家接近這裡而配置的。我利用這個控制裝置連上系統，叫出『物件消除裝置』消滅怪物。這時，經由Cardinal的錯誤訂正功能，修補我破損的語言機能……這也代表，Cardinal開始注意到之前一直被擱置的我。現在核心系統正在檢查我的程式，應該很快就會做出『異物』的結論，並把我刪除吧。已經……沒多少時間了……」

「怎麼……怎麼這樣……」

「沒有任何方法嗎？例如離開這裡……」

結衣只是保持沉默，露出微笑回應兩人的話。眼淚再度滑過結衣白皙的臉頰。

「爸爸、媽媽，謝謝你們。我們就在此道別了。」

「不要！我不要這樣！」

亞絲娜拚了命大叫。

「明明才剛開始啊！從今以後，我們還要開心地……和樂融融地一起生活啊……」

「在黑暗當中……沒有盡頭的漫長痛苦中……只有爸爸跟媽媽的存在維繫著我……」

結衣直視著亞絲娜，些微的光芒開始包圍她的身體。

「結衣，不要走！」

桐人握住結衣的手，而結衣小小的指頭也輕輕抓著桐人的手指。

「只要在爸爸媽媽身邊，大家都能展露笑容……我真的感到很高興。我希望，從今以後你們也能……代替我……幫助大家……帶給大家喜悅……」

結衣的黑髮與連身裙，開始從一端化為朝露般夢幻的光粒子四散消失。她的笑容漸漸變得透明，重量也逐漸變輕。

「不要！我不要！結衣不在的話，我也沒辦法笑了！」

被滿溢的光芒包圍住的結衣露出了笑容，伸出即將消失的手輕撫亞絲娜的臉頰。

——媽媽，笑一個……

這段細語在亞絲娜腦中迴響的同時，更加炫目的光芒飛散而出。當光芒消失，亞絲娜的懷中已經什麼都沒有了。

「嗚哇啊啊啊啊啊！」

再也無法控制自己的亞絲娜喊了出來。膝蓋無力地跪倒在石板地上，像個孩子般大哭了起來。一個個落在地面彈起的淚珠，混入結衣殘留的光碎片，接著消失。

4

昨天的寒冷彷彿騙人一般，溫暖的微風徐徐吹過草原。彷彿受到熱鬧的氣氛邀請，幾隻小鳥停在庭院的樹枝上，興致勃勃地俯視著人們的樣子。

從餐廳搬出來的大桌子擺放在寬廣的前院裡，紗夏的教會正開著不合時節的庭院派對。像魔法一樣從大大的烤架拿出食物的瞬間，孩子們發出了如雷的歡聲。

「這個世界竟然……有這麼好吃的東西………」

昨晚剛被救出來的「軍隊」最高指揮者辛卡，一邊吃著亞絲娜做的烤肉，一邊露出感激的表情說著。在他身旁的由莉耶兒也面露微笑看著他的模樣。雖然她給人的第一印象是個冷靜的女戰士，但在辛卡的身邊時，只讓人覺得是個開朗的少婦。

關於辛卡，昨天雖然連與他面對面的時間都沒有，但如今同桌吃飯，就覺得他給人的印象意外的穩重，實在很難想像是龐大組織的領導者。

身高比亞絲娜高一點，但明顯比由莉耶兒矮上許多。微胖的身上穿著顏色樸實的衣服，沒有配備任何武裝。而他身邊的由莉耶兒今天也沒穿軍隊的制服。

桐人拿著紅酒瓶幫辛卡添了酒。辛卡再次鄭重地深深鞠了個躬。

「亞絲娜小姐、桐人先生，這次真是受你們照顧了。真不知道該怎麼跟你們道謝……」

「不，我在另一邊時也深受『ＭＭＯＴＯＤＡＹ』的照顧啊。」

露出笑容的桐人如此回答。

「真是令人懷念的名字啊。」

辛卡聽了，他那張圓臉也跟著笑了出來。

「那時候每天都忙著更新，還讓我有種『我可不是在做新聞網站啊！』的感覺。但那跟當公會會長比起來根本不算什麼。應該在這裡也來辦個報紙才對。」

說完，桌上響起一陣和諧的笑聲。

「那個……『軍隊』後來怎麼了……？」

亞絲娜這麼一問，辛卡正色說道：

「我已經將牙王跟他的手下除名了。其實更早以前就該這麼做……都是因為我的個性不擅於鬥爭，才導致事態惡化成這樣──軍隊本身應該會解散吧。」

亞絲娜與桐人稍微睜大了眼。

「這還……真是吃了秤鉈鐵了心啊。」

「軍隊實在太過龐大了……我打算先將公會解散，再重新打造更平和的互助組織。畢竟解散後就什麼都不管，實在太沒責任感了。」

由莉耶兒輕輕握住辛卡的手，接著說道：

「——除了成員外，軍隊累積的資產也會平均分配給這個城鎮的居民。畢竟之前真的帶給大家非常嚴重的困擾……紗夏小姐，真的很抱歉。」

面對突然深深低下頭去的由莉耶兒及辛卡，紗夏不禁眨了眨那對在眼鏡後方的眼睛，慌忙地在面前揮動雙手。

「不，沒這回事。軍隊裡也有很善良的成員在練功區幫助過孩子們啊。」

聽見紗夏率直地這麼說著，現場再度充斥平和的笑聲。

「那個，還有一件事……」

由莉耶兒歪著頭說道。

「昨天那個名叫結衣的女孩……怎麼了……？」

亞絲娜與桐人對望了一眼，微笑著回答：

「結衣她——回家了……」

右手指伸到胸前。有一條昨天之前還沒出現的細項鍊在胸口發著光芒。華麗的銀鍊前端垂著同為銀製的墜飾，中央有顆大大的透明石頭正閃耀著光輝。撫摸著淚滴狀的寶石，就感覺到一股溫暖滲入指尖。

那時──

當結衣消失在光芒之中，跪在石板地上痛哭的亞絲娜身旁，突然傳出桐人的吼聲。

「Cardinal！」

抬起滿是淚水的臉，桐人瞪著房間的天花板高聲大叫：

「不要以為……你可以一直為所欲為！」

接著，緊咬牙關的他突然往房間中央的黑色控制裝置飛奔而去，並開始迅速敲打還顯示在那裡的全息鍵盤。驚訝瞬間將亞絲娜的哀傷吹跑，她瞪大了雙眼大叫：

「桐、桐人……你在做什麼……？」

「現在……現在應該還能使用ＧＭ權限介入系統……」

一邊喃喃說著一邊快速敲打鍵盤的桐人眼前，砰的一聲跳出一個巨大的視窗，高速捲動的文字列發出的光芒照亮整個房間。在亞絲娜呆愣地注視下，桐人又另外輸入了不少指令，接著一個小小的進度條視窗跳了出來。當橫線即將到達右端的瞬間──

以黑色岩石製成的控制裝置突然發出青白色的閃光。下一秒，桐人就伴隨著爆破音整個人彈飛出去。

「桐、桐人！」

亞絲娜連忙跑到倒在地上的他身邊。

搖著頭撐起上半身的桐人面帶憔悴，但還是浮現出微笑，向亞絲娜伸出握拳的右手。雖然完全搞不懂狀況，但亞絲娜也伸出了手。

從桐人手中落到亞絲娜手掌上的，是個大大的淚滴狀水晶。經過複雜切割的石頭中央，正不斷閃耀著白色的光芒。

「這、這個是……？」

「……我在結衣啟動的管理者權限消失前，將結衣的程式本體整個從系統切離，進行實體化……這裡面，有結衣的心……」

說完這些話，桐人就精疲力盡地倒在地板上，閉上了眼睛。亞絲娜看著手中的寶石。

「結衣……妳在這裡，對吧……我的……結衣……」

止不住的淚水再度流了出來。在模糊的光源下，水晶的中心就像回應著亞絲娜一樣，發出了一次強烈的閃光。

對著依依不捨的紗夏、由莉耶兒、辛卡以及孩子們揮手道別後，迎接經由轉移門回到第二十二層的亞絲娜與桐人的，是帶著森林香氣的涼風。雖然只是為期短短三天的旅行，內心卻覺得彷彿很久沒回來的亞絲娜，深深地吸了一口空氣。

這世界真是大啊——

亞絲娜重新思考這個不可思議的浮遊世界。在這算得上是無數的每一層樓中，都有住在那裡的人們過著或悲或喜的每一天。不，對大多數人來說，應該都過得很辛苦吧。即使如此，大家每天還是持續著自己的戰鬥。

屬於我的棲身之地……

亞絲娜看著通往家的小路，接著抬頭仰望上層的底部。

——回前線去吧。這個念頭突然冒了出來。

再過不久，我將必須重新握起劍，回到屬於我的戰場。雖然不知道還要花多久的時間，但直到終結這個世界，並讓大家重新拾回真正的笑容，我會一直戰鬥下去。因為——帶給大家喜悅——正是結衣的願望。

「欸，桐人。」

「嗯？」

「如果遊戲攻略完成，這個世界也跟著消失，結衣會怎麼樣？」

「啊啊……幾乎把容量用完了啊……不過是以下載程式部分環境資料的形式，保存在我的NERvGear外部記憶體裡。雖然想在另一邊啟動結衣會有點困難……但應該還是有辦法吧。」

「這樣啊。」

亞絲娜轉過身去緊緊抱住桐人。

「那麼，回到另一邊後，還能再見到我們的第一個孩子結衣，對吧。」

「嗯，一定會的。」

亞絲娜低下頭，看著在兩人胸前閃閃發亮的水晶。耳中彷彿聽見細微的聲音說著：「媽媽，加油喔……」

（完）

002-04

紅鼻子麋鹿

§ 艾恩葛朗特第四十六層
二〇二三年十二月

SWORD ART ONLINE

1

「奪命擊」的血色閃光貫穿了黑暗，並同時將兩隻大型昆蟲怪物的生命值降為零。

一邊用眼角餘光確認多邊型的碎片四散，並在硬直時間解除的同時收回劍，轉身彈開往背後逼近的尖銳大顎攻擊。接著，我再次發出相同劍技，將發出唧唧唧唧這種刺耳叫聲，身體往後仰的巨大螞蟻解決。

這個單發重攻擊技在約三天前，單手直劍技能的熟練度到達九五〇時，出現在劍技列表中，連我自己都很驚訝用起來是如此方便。雖然放出劍技後的硬直時間稍長，但比劍身大一倍以上的攻擊範圍，以及匹敵雙手用重槍的威力卻足以徹底彌補缺點。當然，如果是在與人對戰時使用，應該立刻就會被讀出時間空檔。但若與只依照單純ＡＩ動作的怪物對戰則無妨。毫不客氣地連發，以大紅色的特效光將衝上前來的敵群全都擊飛。

——話說回來，我自覺在微弱的火把光線下，持續戰鬥約一小時後，集中力果然還是會用盡。從稍早之前開始，即使只是面對以大顎啃咬，然後噴出酸性黏液這種單純的攻擊模式，都無法立刻做出反應。這群大螞蟻數量雖多，但絕不是小兵。棲息地在只距離現在最前線第四十九層三層的下方，是非常強力的怪物。雖然以等級來說，是在安全範圍內，但如果遭到多數圍攻，ＨＰ條應該很快就會降到黃色區域。

會冒著這樣的危險隻身跑來已攻略完畢的樓層戰鬥，理由只有一個。這裡是現在所知的練功區中，最能有效率地賺取經驗值的最受歡迎地點。這些從周圍的山崖上開著數個洞的巢穴，接二連三湧出的巨大螞蟻擁有高攻擊力，但生命值、防禦力卻很低，只要能持續避開攻擊，就能在短時間內打倒大量的怪物。但就如同剛才所說的，一旦遭到圍攻，就有可能連穩住陣腳的機會都沒有，而直接被連段至死，因此不能算是適合獨行玩家的練功區。也因為這裡是很受歡迎的地點，所以有一個隊伍每次只能使用一個小時的協定。而在等待的隊伍中，只有我是獨自一人。現在也一樣，熟面孔的公會成員們正在山谷的入口等待我練完。但並排的他們臉上，應該都露出了像用印章蓋出來的厭煩表情。不對，如果只是讓他們不耐煩倒還好，但團隊意識強烈的大公會成員們，似乎都以「最強笨蛋」、「離群封弊者」取笑我——不過，當然我並不知道這件事。

看到顯示在視野左端的計時器轉到五十七分後，我決定在解決下一波怪物的時間點撤退，為了擠出最後的集中力而大大地吸了口氣憋住。

先對從左右同時接近的兩隻螞蟻中右邊的那隻，投出錐子牽制牠的動作，接著以間距較短的三連擊技「銳爪」解決左邊的傢伙。在轉過身的同時，用「奪命擊」往大大張開的大顎中央貫了下去。在硬直時間當中，我用左臂的手套揮落從稍遠處發射過來的綠色酸液。對隨著效果音稍微減少的ＨＰ條咂舌，同時踢向地面跳起，從空中往螞蟻最柔軟的腹部砍下，給予致命一擊。接著用完全習得中段數最多的六連擊技，各三刀解決對面的最後兩隻後，在下一波怪物湧出前猛然跑了起來。

在五秒之內跑完全長三十公尺左右的螞蟻谷，直到從狹窄出口連滾帶爬地逃出之後，我才首次吐了口氣。一邊劇烈喘息渴求新鮮空氣，一邊思考著這痛苦究竟只存在於意識中，還是現實的肉體也一起停止了呼吸呢？還沒想出答案，就先感到胃部一陣痙攣，忍耐不住的我數度作嘔之後，像塊破布般撲倒在嚴冬結冰的路面。

倒地的我耳邊，傳來往這裡靠近的複數腳步聲。雖然是認識的人，但我現在實在懶得打招呼。有氣無力地揮了揮右手要他們快走之後，就聽見粗獷的聲音隨著大大的嘆氣聲傳了過來：

「我的等級已經跟你們拉開，所以今天就不下場了。聽好啦，不要讓圓陣崩潰，隨時注意掩護身邊的人。碰到危險千萬別客氣，給我大聲呼救。還有，女王出現就立刻逃跑啊。」

會長老練地下了指示，六、七人「是！」「喔！」地回話之後，踏得雜草沙沙作響的腳步聲逐漸遠去。我反覆著深呼吸，好不容易調整好氣息，同時用右手撐起上半身，虛弱地往一旁的樹幹靠了過去。

「接著！」

滿懷感激地接住飛過來的小瓶回復藥水，用大拇指彈開瓶蓋後，貪婪地喝了起來。雖然味道是帶著苦味的檸檬汁，我卻覺得非常好喝。將空掉的瓶子往地面一放，看著它發出小小的光芒消失後，我才抬起頭來。

在這死亡遊戲SAO開始時認識的公會「風林火山」會長克萊因，依然綁著低俗頭巾，揚起在那之下被雜亂鬍鬚包圍的嘴角說道：

「桐人，不管怎麼說，這樣也未免太亂來了。你今天是幾點來這裡的？」

「呃……晚上八點左右吧。」

我用沙啞的聲音回答後，克萊因就誇張地擺出不滿的表情。

「喂喂，現在是凌晨兩點，你已經關在這裡六個小時了耶。這麼危險的練功區，要是氣力用盡可是會瞬間死亡的。」

「沒事啦，等待的時候可以休息一、兩個小時。」

「沒人來的話你打算一直打下去吧！」

「我就是想這樣才特地挑這個時間來。要是白天來可要等上五、六個小時耶。」

克萊因混著咂舌聲丟下「你這笨蛋」這句話，解下腰間的稀有武器日本刀，重重坐到我的面前。

「……嗯，關於你有多強，我從SAO開始的第一天起就清楚得不得了……現在等級到哪裡了？」

包含等級在內的能力數值情報是玩家的生命線，不輕易詢問、提起，是這個ＳＡＯ不成文的規定。不過事到如今並不需要隱瞞克萊因。我縮著肩膀，老實回答：

「今天提升到69了。」

隨意摸著下巴的手停了下來，克萊因那雙被頭巾遮住一半的眼睛瞪得老大。

「……喂，真的假的？你什麼時候已經比我高10級以上啦——不過，這麼一來我就更不懂了。最近你等級上升的速度實在太不尋常了，肯定是連白天都把自己關在人煙稀少的練功區吧？為何要做到這種地步？我可不想聽你說什麼……為了完全攻略遊戲啊。就算你自己變得再強，攻略頭目的進度還是由ＫｏＢ這種強大的公會來下決定啊。」

「別管我啦，身為一個練功狂，光是賺取經驗值都覺得很爽快。」

對於我露出自虐笑容吐出來的話語，克萊因擺出認真的表情反駁：

「別開玩笑了……連我都知道，持續狩獵到變得如此憔悴有多辛苦。獨行太耗費精神氣力了……就算等級接近70，單槍匹馬在這個練功區也絕不安全。你要冒險也要有個限度啊，像這樣一直在隨時可能會死的地方提升等級，有什麼意義啊？」

風林火山是以克萊因在ＳＡＯ之前認識的朋友為中心結集而成的公會。每位成員都是討厭過度干涉的無賴，就連身為會長的克萊因也不例外。

這傢伙雖然人很好，但這樣的男人特別為我這個離群封弊者設想到這種程度，恐怕是有不得不這麼做的苦衷，而我也對那個原因有相當程度的底。抱著幫不擅言詞應對的克萊因一把的心情，我面露苦笑開口。

「沒關係啦，不需要假裝擔心了。你想知道我是不是以特殊Ｍｏｂ為目標對吧？」

特殊Ｍｏｂ，是設定為任務攻略關鍵的怪物。大部分都是以每幾天或幾小時一次的頻率出現，但其中也有攻略機會只有一次，算是非常接近魔王怪物的存在。當然強度也不是開玩笑的。因此通常需要組成如同攻略頭目的大型隊伍。

克萊因老實地露出僵硬的表情，轉過頭去搓著下巴。

「……我才沒有特別想知道呢……」

「不用再隱瞞了。你買下了我從亞魯戈那裡買了有關聖誕魔王資料的情報……這個情報我也買囉。」

「什麼！」

克萊因再次瞪大了眼睛，接著用力咂舌。

「亞魯戈那傢伙……老鼠這稱號真不是浪得虛名。」

「那傢伙只要是能賣的情報，連自己的能力數值都會賣——總之，我們都知道彼此的目標是聖誕頭目，而且也已經買下所有現階段能從ＮＰＣ得到的情報了。所以，你應該知道我會這樣無謀地賺取經驗值，以及不管是什麼忠告我都不會停止的理由了吧。」

「啊啊……抱歉啦，你也改用勸誘的說法嘛。」

克萊因原本放在下巴上的手抓了抓頭，繼續說道：

「到二十四日晚上剩不到五天……不管是哪個公會都一樣，想在魔王出現前或多或少增加一點戰力。但在這種冷到不行的半夜，把自己關在練功區的笨蛋還是很少。不過呢……我們的公會成員好歹也接近十個人了，就算以魔王為目標也有充分的勝算。你應該知道，既然是『每年一度』的強力特殊Ｍｏｂ，那可不是能單獨狩獵的東西啊。」

「…………」

無法反駁的我，低頭看著淡褐色的枯野草。

ＳＡＯ開始後一年。在第二次的聖誕節之前，整個艾恩葛朗特開始流傳一個傳聞。大約一個月前，各層的ＮＰＣ全都開始說著相同的任務情報。

據說在桂花之月——也就是十二月的二十四日晚上十二點整，傳說中的怪物「判教徒尼可拉司」將出現在某個森林中的巨樅木下。打倒牠就能獲得怪物背上大袋子中滿載的財寶——

就連從來只對攻破迷宮區有興趣的攻略組強力公會，這次也展現了極大的興趣。因為財寶不論是巨額的珂爾也好，稀有武器也好，都能大大成為攻略樓層魔王的助力。若說這是到目前為止只從玩家手中奪取東西的ＳＡＯ系統，好心給的聖誕禮物，怎麼能不去領取呢？

但是身為獨行玩家的我，一開始也對這個傳聞毫無興趣。不用克萊因說，我也覺得這不是能單獨狩獵的對手。而且獨自攻略至今所賺取的金錢，只要我想，就連房子也買得起。最重要的是，我不想因為打大家都想攻略的特殊Ｍｏｂ而出名，引來無謂的矚目。

但是兩週前——我這樣的心情，因為某個ＮＰＣ情報而有了一百八十度的轉變。從那之後，我每天都到這個人氣練功區，雖然成為眾人的笑柄，依然發了瘋似的不斷提升等級。

克萊因陪著沉默的我，好一段時間不發一語，之後才低聲說道：

「果然是因為那個情報的關係吧——『復活道具』的……」

「……啊啊。」

話說到這裡，也沒有再隱瞞的必要了。我冷淡地承認之後，不知已是第幾次了，曲刀使深深嘆口氣，硬是把話給擠了出來。

「我懂你的心情……沒想到竟然會有這種夢幻道具。『尼可拉司的大袋子中，隱藏著能將死者的魂魄救回來的神器』……但是啊……就如同大多數人所說，我也覺得那只是騙人的情報而已。與其說騙人，不如說那只是仍將ＳＡＯ當作普通的ＶＲＭＭＯ開發時，寫給ＮＰＣ的台詞，就這麼留下來罷了……也就是說，應該只是讓玩家能在沒有死亡罰則的情況下復活的道具。但是現在的ＳＡＯ根本不可能有這種事。罰則只有一個，就是玩家本人的性命。雖然我不願去回想，但開始當天茅場那傢伙就是這麼說的。」

由茅場晶彥所扮成的ＧＭ於事件開始當天所做的說明，也跟著在我的耳邊響起——當ＨＰ降為零的時候，玩家的意識將從這個世界消失，而且永遠無法返回現實的肉體。

我不覺得這句話是騙人的，但是……即使如此……

「……沒有任何一個人可以確定，這個世界的死亡等於實際發生的事。」

像是要反抗什麼似的，我把這些話說出口。下一瞬間，克萊因皺起了鼻頭，丟下這番話：

「死了之後發現自己其實回到現實活得好好的，茅場還會對你說『騙你的』？別鬧了，這個問題在一年前就確定了吧。如果只是這種惡劣的玩笑，立刻把全部玩家的NERvGear拔下來，事件就解決了啊。既然沒辦法，就表示這是真正的死亡遊戲。在ＨＰ變成零的瞬間，NERvGear也會立刻變成微波爐，把我們的腦給燒了。如果不是這樣……至今被那些混蛋怪物幹掉，哭喊著『我不想死』並同時消失的傢伙們……到底算什麼……」

「閉嘴。」

我用連自己都感到驚訝的嘶啞叫聲，打斷了克萊因的話。

「你如果真的以為我會連這種事都不懂，那我跟你也無話可說了……確實，茅場在那一天是這麼說了，不過啊，在前陣子的樓層魔王合同攻略時，ＫｏＢ的希茲克利夫不也說了。只要有百分之一的機率能救同伴的命，就要全力去追尋那個可能性，辦不到的人就沒資格組隊。雖然我不喜歡那個男人，但他說的話很正確。我正在嘗試那個可能性。假設在這個世界死亡的人意識沒有回到現實，但也沒有消失，而是被轉移到類似保留區域的地方，等待著這個遊戲最後的結果。如果是這樣，復活道具就有成立的理由了。」

我少見地長篇大論，將這個最近支撐著我、不可靠的假設說了出來。克萊因收起怒氣，改用類似憐憫的眼神看著我。

「……是嗎？」

他終於發出的聲音與剛剛完全不同，非常地平靜。

「桐人……你還是沒有忘記，前一個公會的事情嗎……已經過了半年了耶……」

我轉過頭，吐出辯解般的話：

「應該說，怎麼可能才過了半年就忘了……全滅耶，除了我以外……」

「是叫『月夜的黑貓團』對吧？又不是攻略公會，還跑到接近前線的地方，最後是盜賊引發了警鈴陷阱吧。那不是你的責任，沒有人會責怪你，甚至還要誇你竟然能夠活下來。」

「不是這樣的……是我的責任。不論是阻止他們上前線，要他們無視寶箱，或是在警鈴響起後讓全部的人逃走，都是我能做到的事……」

——如果我沒有隱瞞同伴們自己的等級跟技能。沒有告訴克萊因的這個事實所帶來的痛苦，狠咬著我的胸口。在那個不機靈的刀使準備說出他不擅長的安慰話語前，我接著把話說下去：

「確實是連百分之一的機率都沒有吧。不論是我找出聖誕魔王的可能性、獨自打倒那傢伙的可能性、復活道具確實存在的可能性，還有死者的意識有保存下來的可能性……這些全部合在一起，就好比要從沙漠中找出一粒沙。然而……然而卻不是零。既然不是零，我就必須為此付出最大的努力。何況……克萊因，你也絕非為錢在傷腦筋吧。那麼，你會以牠為目標的理由就跟我一樣吧？」

面對我的問題，克萊因哼了一聲，握住放在地上的刀鞘回答：

「我跟你這種夢想家不一樣。只是……之前，我也有個朋友被幹掉了。如果不為了他把所有能做的事情都做了，晚上可沒辦法安眠……」

面對站起身來的克萊因，我露出微微的苦笑。

「一樣啦。」

「才不一樣咧。我們畢竟還是以財寶為主要目標，剛剛說的只是順便啦……只有那群人在，要是有巨大螞蟻跑出來就不好了。我稍微去看一下情況。」

「啊啊。」

稍微點了下頭，閉上眼睛深深靠在樹幹上的我，耳邊傳來漸漸走遠的刀使小聲的話語。

「還有，我會擔心你，可不只是為了探聽情報啊，你這渾蛋。要是你因為逞強而死在這種地方，我可不會為你使用復活道具啊！」

2

「謝謝你的操心。那我們就恭敬不如從命，麻煩你保護我們到出口吧。」

這就是公會「月夜的黑貓團」會長啟太，對我說的第一句話。

在名為ＳＡＯ的死亡遊戲開始五個月後某個春天的黃昏，我為了收集武器素材道具，潛入比當時前線低於十層以上的樓層迷宮區。

活用身為封弊者，也就是封閉測試參加者的知識，於起跑點就一路衝刺，採取強硬的獨行這個能以高效率賺取經驗值的方法，達到連最前線的怪物都能獨自打倒的等級後，在那個地方的狩獵對我來說，是簡直輕鬆到覺得無聊的作業。避開其他玩家，花了約兩小時收集完需要的道具量，正準備回家而往出口走去時，遇到了在路上被大怪物群追趕下撤退的隊伍。

那是個即使由身為獨行玩家的我看來，都覺得非常不平衡的隊伍。由五人組成的隊伍中，能稱為前鋒的，只有一名拿著鎚矛與盾的男子，其他則是只裝備短劍的盜賊、拿著棍棒的棍使，以及兩名長槍使。即使鎚矛使的生命值減少，也沒有其他能進行切換、當作肉盾的成員。這種成員組合造成只能一點一點撤退。

將視線投向全部的人，確認他們的生命值。雖然還有能從這裡逃到出口的餘裕，但如果途中有其他的怪物群跑出來就很難說了。我稍微猶豫了一下，從藏身的小路飛奔而出，對著應該是隊長的棍使說：

「需要我幫忙在前面撐一下嗎？」

棍使瞪大了眼睛看著我，雖然瞬間感到猶豫，但立刻點了點頭。

「不好意思，就麻煩你了。如果有危險，請立刻逃跑。」

我點了點頭回應並從背後拔出劍來，在鎚矛使的背後喊了聲切換，接著就硬闖進怪物前方。敵人是我剛才獨行時解決掉很多隻的武裝哥布林群。若全力使出劍技，就能在瞬間把這些怪物清光。即使是毫不抵抗地承受攻擊，只靠戰鬥時回復技能補充的生命值都能撐相當長的時間。

但是，我在瞬間感到害怕。我害怕的不是哥布林，而是背後那群玩家的視線。

一般而言，高等級玩家在下層練功區我行我素地大鬧是非常不禮貌的行為。若長時間如此，當上層的公會收到掃蕩委託，會遭到狠狠的教訓，最後會受到被記載在報紙上的失禮玩家列表中之類的處置。雖然我覺得現在算是緊急狀況，所以不會有問題，但我還是感到害怕。搞不好要跟我道謝的他們，眼中會浮現嘲諷我為封弊者的眼神。

我將使用的劍技限定在初步的技能，特意花上不少時間與哥布林群戰鬥。那時我還不知道，這個決定將導致無法挽回的過錯。

與使用藥水回復生命值的鎚矛使進行幾次切換，終於將哥布林群全部打倒的瞬間，這個不認識的五人隊伍發出讓我嚇一跳的盛大歡呼。他們一個接一個互相擊掌，為勝利感到高興。

雖然內心感到不知所措，但我也擺出不習慣的笑容，回握每個人所伸出來的手。其中唯一的女性玩家，黑髮長槍使在最後用雙手握住我的手，淚眼汪汪地不斷重複對我說：

「謝謝你……真的很謝謝你。因為我非常害怕……當你來救我們的時候，我實在非常高興。真的很感謝你。」

聽見這些話又看到盪漾的淚水時，在我胸口流竄的，是至今仍無法形容的感情。只記得當時覺得有幫助他們、自己強大到幫得上忙真是太好了。

我雖然從遊戲開始以來就一直是獨行玩家，但也不是第一次在前線樓層幫助其他隊伍。不過攻略組之間，有著在戰場上本來就要互相幫助的默契。自己總有一天會變成需要幫忙的一方，所以幫助他人時不會特別要求謝禮；被幫助的一方也只會簡短地打個招呼。迅速做好戰後處理，沉默地往下一場戰鬥出發。在那裡存在的，只有為了不斷以最高效率強化自己的單純合理性而已。

但是他們——月夜的黑貓團卻不一樣。全員只因為一場戰鬥的勝利，就獲得極大的喜悅，並互相稱讚對方的努力。我會在彷彿聽見了單機ＲＰＧ裡勝利號角聲的景象告一段落後，提議要與他們一起走到出口，可能就是被他們那種充滿同伴意識的氣氛所吸引吧。更進一步來說，我覺得真正在攻略這個名為ＳＡＯ的瘋狂遊戲的，其實是他們才對。

「我也有點擔心剩餘的回復藥水數量……不介意的話，我們一起走到出口吧。」

對於我的謊言，啟太露出了大大的笑容點頭。

「真是謝謝你的關心。」

──不，在黑貓團消失後過了半年的現在，我才了解，我只是單純覺得很爽快。以身為貫徹利己主義的獨行玩家所累積的能力，保護比自己弱小許多的他們，享受被依賴的快感。只是如此而已。

脫離迷宮區回到主街區的我，一口答應了啟太要在酒場請客的邀請。以對他們來說應該算高價的葡萄酒舉杯慶祝。當自我介紹結束，場面冷靜下來後，啟太感到難以啟齒地小聲問起我的等級。

我多少料想到會被問到這個問題。所以我在前一刻準備好了適當的假數字。我說出口的數字，正好比他們的平均等級高了三級左右──但比我真正的等級低了二十。

「咦──這個等級能夠在那種地方ＳＯＬＯ嗎？」

我面露苦笑回應驚訝的啟太。

「講話不用那麼客氣啦——雖然是獨行，但基本上都在閃躲，只瞄準落單的敵人攻擊，所以效率實在不怎麼好。」

「喔——是喔，那……桐人，雖然很突然……我覺得應該很快就會有其他公會邀請你……如果你願意，要不要加入我們公會？」

「咦……？」

面對故作不懂地回問的我，滿臉通紅的啟太越說越激昂。

「看嘛，我們啊，就等級而言是能安全地在剛剛的迷宮練功喔。但是技能構成上……你應該也已經知道了，能當前鋒的只有鐵雄而已。回復怎麼也趕不上消耗，導致在戰鬥的過程中情況越來越糟。若是有桐人加入，就可以輕鬆不少，而且……喂，幸，過來一下。」

啟太舉起手呼喊的，是那名黑髮長槍使。這個好像名叫幸的嬌小女性握著酒杯走了過來，害羞地對我點了點頭。啟太將手放到幸的頭上，繼續說道：

「這傢伙的主技能雖然如你所見，是雙手用長槍，但跟另一個長槍使比起來技能值偏低，所以我想趁現在讓她轉型為拿盾的單手劍士。不過，一來實在沒有修行的時間，同時也不太了解單手劍。如果你願意，可以稍微當她的教練嗎？」

「什麼嘛！把人家當成小毛頭！」

幸先是鼓起臉頰，接著輕吐舌頭笑著說：

「因為啊，我一直都是負責在遠處慢慢攻擊敵人嘛。突然要我跑到前面去打貼身戰，我會害怕啦。」

「只要好好躲在盾牌後面就好啦，要說幾次才會懂啊——真是的，妳從以前就是太容易害怕了。」

對於至今都待在充滿殺戮的最前線，只知道SAO——不，所有MMORPG都是互相爭奪資源的我來說，他們的互動既有趣又炫目。注意到我視線的啟太害羞地笑著說：

「啊——我們公會成員，在現實世界全是同一所高中的電腦研究社社員。特別是我跟她又住得很近……啊，不過你不用擔心，大家人都很好，一定很快就會跟桐人打成一片了。」

包含這麼說的啟太在內，這群人全是好人的事，我在從迷宮區來到這裡的路上就已經知道了。對於欺騙這些人感到些許罪惡感的同時，我也露出笑容用力地點點頭。

「那……請讓我加入你們吧。還請多多指教喔。」

有了第二名前鋒，讓黑貓團的隊伍平衡度大幅改善了。

不，如果他們任何一人抱著懷疑的態度觀察，應該就會發現我的HP條很奇怪地都不會減少。然而這群性情溫和的同伴們都相信我所說的，是因為這件使用稀少素材做成的大衣——這不是騙人的——這個理由，完全沒有任何懷疑的樣子。

在隊伍戰鬥時，我只負責防禦，讓背後的成員來解決敵人並獲得追加的經驗值。啟太等人的等級迅速提升，我加入後一星期，主練功區便上升了一個樓層。

在迷宮的安全區域裡圍成圈圈坐下。啟太吃著幸做的便當，興奮地對我述說夢想：

「當然，同伴們的安全是第一要務。但是啊……如果只是追求安全，那把自己關在起始之城鎮就好啦。既然這樣持續練功、提升等級，我們希望總有一天也能加入攻略組。雖然最前線離我們還很遠，如今只能交給血盟騎士團、聖龍聯合之類的頂尖公會去進行攻略……欸，桐人，他們跟我們到底差在哪裡啊？」

「咦……嗯——情報吧。那些人獨佔了有關哪個練功區最有效率、怎麼做才能得到強力武器等等的情報。」

雖然這正是我能踏足攻略組的理由，但啟太似乎對這個答案不太滿意。

「這……當然也是一部分理由。但我覺得是意志力。因為他們想保護同伴、保護所有玩家的意志力很強烈。就是因為有這股力量，他們才能在危險的魔王戰中取得勝利。我們現在雖然還是被保護的一方，但心情上卻不會輸給他們。所以啊……我覺得只要這樣繼續加油，總有一天能趕上他們。」

「是嗎……說的也是。」

嘴上雖然這麼說，但我內心卻覺得絕不是那麼了不起的理由。攻略組之所以為攻略組的動機只有一個，就是想一直以頂尖劍士的身分站在數千名玩家頂點的執著。證據在於，如果攻略ＳＡＯ的目的只是保護玩家，那頂尖玩家們就應該盡量提供所獲得的情報與道具給中級玩家們。這麼一來就能拉高全體玩家的基本等級，加入攻略組的人數也會比現在增加許多。

沒有這麼做的原因，就在於希望自己隨時都是最強的。當然我也不例外。當時的我都在深夜溜出旅館，獨自移動到最前線提升等級。這個行為不斷拉大與黑貓團成員的等級差，儘管我知道就結果而言，我不斷在背叛他們。

但是，那時的我多少相信著，如果黑貓團的等級真的急速上升，能夠加入最前線戰鬥，到時啟太的理想或許真的能改變攻略組封閉的氣氛。

事實上，黑貓團也以能稱為異常的速度強化戰力。當時做為戰場的練功區，都是我很久以前攻略完成的地方，不論是危險的地點或效率良好的地點，我都一清二楚。若無其事地引導他們，不斷鞭策出最好的效率，使得黑貓團的平均等級終於完全超越了主流階層。我加入時離最前線還有十層的差距，在短期間內縮短到五層。積蓄也不斷增加，連購買公會用房子這種事，也越來越有可能實現了。

不過，只有一點，幸的盾劍士轉型計畫一直停滯不前。

但這也難怪。想在非常近的距離下與兇惡的怪物交戰，比數值上的等級更加重要的，是能夠忍受恐懼，戰到最後一刻的膽量。ＳＡＯ開始沒多久，在貼身戰陷入慌亂正是許多玩家死亡的原因。硬要說的話，幸其實是個文靜的膽小鬼，怎麼樣都不覺得適合擔任前鋒。

我因為知道自己擁有超過做為肉盾所需的等級，所以認為沒有急著讓幸轉型的必要。但其他成員可不這麼想。應該說，他們似乎對一直把累人的前鋒工作丟給中途加入的我感到過意不去。雖然因團隊的感情很好所以沒把話說出口，但幸感受到的壓力卻越來越大。

就在某天夜裡，幸的身影從旅館中消失了。

大家認為無法從公會成員列表上確認所在地點，是因為她獨自待在迷宮區。這讓啟太之下的成員全都亂成一團，並立刻全員出動尋找。

但只有我一個人堅持要到迷宮區以外的地方找看看。表面上的理由是練功區也有幾個無法追蹤的地點，但真正的原因是，我已經得到由搜敵技能派生出的高級技能「追蹤」了。當然，這並非能跟伙伴們明說的事。

啟太們往那層樓的迷宮區飛奔而去後，我來到幸的旅館房間前發動追蹤技能，開始追著出現在視野中的淡綠色腳印。

那小小的腳印與大家跟我的預測相反，消失在距離主街區有段距離的水渠當中。我歪著脖子往裡面走，就在只聽見水滴聲響的黑暗角落中，看見幸披著最近才剛得到、具有隱蔽功能的斗蓬蹲在地上。

「……幸。」

我一出聲，她便晃動及肩的黑髮抬起頭來，驚訝地喃喃說道：

「桐人……你怎麼知道我在這裡？」

我猶豫著該怎麼回答，最後說了。

「直覺。」

「……這樣啊。」

幸微微地笑了出來，再度將臉放回環抱著的膝蓋上。我拚命思索話語，接著說出毫無創意的台詞：

「……大家都很擔心妳，還跑到迷宮區去找人了。快回去吧。」

這次則陷入了好一段時間的沉默。等了一、兩分鐘，我正想再說一次同樣的話，這時傳來依舊低著頭的幸微弱的聲音。

「欸、桐人。我們一起逃走吧。」

我反射性回問：

「從哪裡……逃走？」

「從這個城鎮、黑貓團的大家、怪物……從SAO逃走。」

我對女孩子——對人類並沒有了解到能立刻回答這句話的程度。再次陷入長考後，我戰戰兢兢地問她：

「這是……要一起自殺的意思嗎？」

短暫的沉默後，幸發出了輕微的笑聲。

「呵呵……對耶，這樣應該也不錯……不，抱歉，我騙你的。如果有自殺的勇氣，我就不會躲在城鎮圈內了……不要一直站著，你也坐下來啊。」

我不知該如何是好，便在離幸稍微有點距離的石板地上坐下。從半月型的水渠出口處，可以看見像星光一樣微小的城鎮燈火。

「……我很害怕死亡。因為害怕，這段時間幾乎都睡不著。」

終於，幸開口喃喃低語。

「究竟為什麼會發生這種事呢？為什麼無法離開遊戲呢？為什麼明明只是遊戲，卻真的會死呢？那個叫茅場的人這麼做，到底能得到什麼？這樣做到底有什麼意義……？」

其實，對於這五個問題分別都能做出回答。但是連我也知道，幸並非在尋求那種答案。我拚命思考後說：

「大概，沒有任何意義……也沒有任何人能得到好處。在這個世界變成這樣時，大家已經失去了最重要的東西。」

我對忍著眼淚的女孩說出了天大的謊言。因為，至少我從隱瞞自己的強大，潛伏於黑貓團這件事中，得到了秘密的快感。就這層意義來說，我明顯得到了好處。

當時，我應該要將所有事情都告訴幸。如果我擁有任何一丁點的誠意，就應該將自己醜陋的利己主義全都開誠布公地說出來。這麼一來，幸至少能解放某種程度的壓力，得到些許的安心也不一定。

但是我能說出口的，只有一句讓謊言變得更加堅固的話。

「……妳不會死的。」

「為什麼你能如此斷言呢？」

「……黑貓團就算維持原狀也是個有一定實力的公會。也取得必要的安全等級了。只要還待在那個公會，妳就能安全活下去。另外，也不需要硬是轉型成劍士。」

幸抬起頭，對我投以依賴的眼神，但我卻無法直視那雙眼睛而低下頭去。

「……真的嗎？我真的能活到最後嗎？能活著回到現實嗎？」

「啊啊……妳不會死的，一定能活到遊戲攻略完成的那一天。」

這是毫無說服力、一點重量都沒有的話。即使如此，幸還是往我靠了過來，把臉靠在我的左肩上哭了一會。

過了一段時間，我傳了訊息給啟太等人，並帶著幸回到旅館。幸先回房休息，而我則在一樓的酒場等著啟太他們回來，告訴他們幾件事——幸要花上更久時間才能轉型成劍士，可以的話讓她繼續當長槍戰士比較好，還有，我可以繼續擔任前鋒。

啟太等人雖然很在意我跟幸之間發生什麼事，但還是爽快地答應了我的建議。我鬆了口氣，然而這樣根本無法解決真正的問題。

從隔天夜裡開始，幸就每晚都到我的房裡睡覺。她說只要在我身邊，聽我說出妳不會死這句話，她就睡得著。如此一來，我必然無法在半夜溜出去賺取經驗值。話雖如此，並不代表我欺騙幸及其他同伴的罪惡感也跟著消失。

不知為何，那時的記憶就像被壓緊的雪球一樣縮得很小，令我難以想起詳細情形。只有一件事可以確定，我跟幸之間絕非戀愛關係。我們之間不曾發生過同床共眠、相互依偎、述說愛的話語，甚至是互相凝視這些事。

我們的關係，應該比較接近互舔傷口的野貓吧。幸因為我的話語稍微忘卻恐懼，我也因為她的依賴而短暫忘記自己是封弊者的內疚。

沒錯——我因為窺視幸的苦惱，才首次發現這個ＳＡＯ事件的一部分本質。之前，我恐怕不曾感受過這個化為死亡遊戲的ＳＡＯ真正的恐怖。我機械式地打倒在封測時就已完全掌握的低層怪物，不斷提升等級，接著就維持這個安全範圍，持續待在攻略組當中。雖然我不是聖騎士希茲克利夫，但記憶中，我的生命值不曾掉到危險區域。

靠著我輕鬆獲得的大量資源，當我知道——有無數像這樣害怕死亡的玩家存在時，我終於找到能將自己的罪惡感除罪化的方法。當然，那個方法就是持續守護幸以及黑貓團的成員。

我硬是把自己為了快感，隱瞞等級加入公會的事實忘掉，替換成我的行為是為了守護他們、將他們培育成一流攻略組公會這種利己的記憶。每晚都在床邊對因為不安而縮成一團的幸，像唸咒般複頌著妳不會死、妳不會死、絕對能活下去。每當我這麼說著，蓋著毯子的幸便會露出些許微笑，視線往上看著我，接著進入淺淺的睡眠。

但是，最後幸還是死了。

那個地下水渠的夜晚經過不到一個月，她就在我的面前被怪物砍倒，身體與魂魄全都四散消失。

那一天，啟太為了買一間小小的獨棟房屋作為公會基地，帶著終於達到目標的全額公會資金，去跟房屋仲介玩家見面。我跟幸以及其他三名同伴，原本一邊笑著看公會共通道具欄那近乎零的珂爾餘額，一邊在旅館等啟太回來。但沒多久，鎚矛使鐵雄便開口說道：

「趁啟太回來前，我們去迷宮區賺點錢，把家具全部準備好，讓那傢伙嚇一跳吧。」

我們五人因此前往之前從未去過、僅低於最前線三層的迷宮區。當然我以前曾在那個迷宮戰鬥過，也知道那裡是容易賺錢但陷阱很多的地點。然而，我卻沒有告訴他們。

在迷宮區中，也因為等級算在安全範圍內，所以狩獵一路進行得非常順利。花了大約一小時賺取到目標金額，就在大家正準備動身回去買東西時，擔任盜賊的成員發現了寶箱。

當時，我極力主張不要管它。但被問到理由時，我卻無法把「從這層開始，陷阱的難易度提高了一級。」說出口，只能吞吞吐吐地強調，因為看起來很危險。

警鈴陷阱大聲響起，怪物立刻如同怒濤般從房間的三個入口湧入。瞬間判斷情況危急的我，立刻要大家使用轉移水晶緊急脫逃。但那個房間卻被指定為水晶無效區域——這時，包含我在內的所有人，全都陷入或輕或重的恐慌當中。

第一個死去的，是引發警鈴的盜賊，接著是鎚矛使鐵雄，男性長槍使也跟在他後頭死亡。完全陷入恐慌的我，胡亂使出之前隱藏的高級劍技，接二連三打倒殺過來的怪物。但數量實在太多，讓我根本沒有機會破壞持續響著的寶箱。

當幸的生命值在遭到怪物群包圍下完全消失的瞬間，她向我伸出了右手，彷彿要對我說什麼似地開口。那對睜大的眼睛，依然浮現著與每天晚上相同，信賴我到令人心痛的光芒。

我不記得自己是怎麼活下來的。當我回過神來，不論是之前的大群怪物，還是四名伙伴的身影，全都不在那個房間裡了。但即使是那種狀況，我的ＨＰ條也只減少了一半左右。

完全無法思考的我，就這樣茫然地獨自回到旅館。

將全新的公會房屋鑰匙放在桌上，等著我們回來的啟太，在把我的話——他們四個人是怎麼死的，我又是怎麼活下來的事情全部聽完後，用沒有表情的眼神看著我，只說了一句話。像你這樣的封弊者，根本沒有資格加入我們。

他自行往城鎮外的艾恩葛朗恩外圍奔去，並在隨後追上的我面前，毫不猶豫地跳過柵欄，往無限的虛空跳了下去。

啟太說的全是事實。完全不容狡辯，是我的驕傲自大殺死了月夜的黑貓團四個人——不，五個人。如果沒有遇上我，他們會一直留在安全的基礎區域內，更不會發生硬是去解除陷阱的情況。

要在SAO中生存下來，首先需要的，並非反射神經，也不是數值上的等級，而是充足的情報。我帶著他們以高效率提升等級，卻疏於給予他們情報。那正是我一手造成的悲劇，是我親手殺害了發誓要守護的幸。

不論她在最後的瞬間，想說出口的話是多麼惡毒的咒罵，我都必須承受。會一心尋求僅是不確定傳聞的復活道具，只是為了聽見那句話。

3

距離聖誕節剩餘的四天中，我的等級又上升了一級，達到70大關。

在這段時間裡，我完全不曾睡過。這應該算是代價吧，我有時會感到有如被刺進鐵釘的頭痛，但就算躺下去恐怕也睡不著吧。

從那次之後，克萊因的公會風林火山就不曾出現在螞蟻谷了。而我持續混在其他公會的大型隊伍中排隊，機械般獨自狩獵螞蟻。那些看著我的玩家們的眼神，也終於從嘲笑變成了厭惡。雖然有時還是會出現向我搭話的人，但只要一跟我對上視線，就立刻撇過臉離去。

在一大群以聖誕禮物為目標的人們之間最大的懸案，就是會出現「叛教徒尼可拉司」的巨大樅木究竟在哪裡——關於這個問題，我趁著在螞蟻谷提升等級的空檔，得到了幾乎可以確信的答案。

我跑遍了所有從各個情報商買來的大樹座標，但那些雖然外表長得像聖誕樹，實際上卻不是樅樹，而是杉樹。與有著針一般葉子的杉樹不同，樅樹葉的前端是細長的橢圓形。因為在現實世界的自家後院有種這兩種樹，所以我知道這點。

幾個月前，我曾在第三十五層練功區的隨機轉移迷宮「迷路森林」一角，發現了一棵彎曲的巨木。我認為那似乎有什麼涵義的形狀，可能是某個不明任務的起點而仔細做了調查，但當時什麼也沒發現。現在回想起來，那棵巨木就是樅樹。聖誕節——也就是今晚，特殊Ｍｏｂ「叛教徒尼可拉司」應該就會出現在那棵樹下。

我毫無感覺地聽著宣告等級上升到70的號角聲，並將周圍的螞蟻掃蕩完畢後，便從袋子裡拿出轉移水晶。我沒向正在排隊的玩家們打招呼，直接回到現在居住的最前線，第四十九層主要街道區。

抬頭望向轉移門廣場的鐘塔，距離零點只剩三小時了。應該是想一起度過聖誕夜，廣場上滿是勾肩搭背走在一起的情侶玩家。我迅速穿越他們，往旅館趕回去。

衝進長時間居住的房間後，我立刻打開裝設在房內的收納箱，從跳出的道具視窗中把所有回復、解毒水晶及藥水之類的，往攜帶物視窗移動。雖然光是這些就可以算上一筆財產，但全部用完我也不會覺得可惜。

將收藏的稀有單手劍也一併取出，確認過耐久度後，就跟背上那把以螞蟻為對手導致殘破不堪的劍交換，再把包含皮革大衣在內的防具也全換成新品。

當所有的作業結束，正打算關起視窗，我卻在看到自己的道具欄最上方時突然停下手來。

在那裡，除了有寫著「Self」，也就是我自己的道具欄分頁外，還並排著一個寫著「幸」這個名字的分頁。

這是感情很好但還沒發展到結婚——這類的玩家們自行設定的共通道具視窗。這跟二話不說就將所有道具跟金錢設定為共有的結婚不同，只有這個分頁視窗內的道具是兩人共有。

連告白、牽手都不曾要求過的幸，在去世前不久說想設定這個視窗。當我詢問理由時，她說出的是能輕鬆交換回復藥水之類的道具——如果是這種目的，明明已經有公會成員共通視窗了——這種頗難讓人接受的回答，但我還是答應，並設定了只屬於我跟幸的共同分頁。

即使幸死了，這個分頁卻還留著。當然，朋友名單中也還留著幸的名字，但幸在那裡的名字已經變成無法聯絡的灰色，而幾個留在共通道具欄的回復藥水或水晶之類的，也已經不會再被使用了。

經過了半年，就算公會用的分頁已經毫無感覺地消除了，我還是無法把寫著幸名字的標示消除。當然——理由不是我相信她還有復活的可能性。我只是無法原諒一旦消除了，心情就能變得輕鬆一點的自己。

看著幸的名字約十分鐘後，我才回過神來關掉視窗。距離零點只剩兩個小時。

在走出房間往轉移門移動的路上，我一再想起幸在最後一瞬間的表情，腦中思考的，只有她那時究竟想說什麼。

轉移到第三十五層走出轉移門後，來到與最前線完全不同、非常安靜的廣場。可能因為這裡距離中級玩家的主戰場還有一點距離，主街區又是不值得一逛的農村吧。不過我還是拉起大衣衣領，避開幾名在現場的玩家目光，迅速離開街區。

沒有與小兵怪物交手的時間與精神的我，在確認背後沒有人跟蹤後，便開始全力奔馳。靠著這一個月硬是提升的等級，讓我敏捷度數值補正上升了許多，踏在積雪上的腳就像羽毛一樣輕盈。雖然太陽穴傳來的疼痛依舊沒有消失，但也因此讓我的腦中完全沒有睡意。

經過十來分鐘的奔跑，抵達了迷路森林的入口。這個練功區迷宮是由無數的四角形區塊分割而成，因為各區之間的連接點是以亂數交替，如果沒有地圖道具，幾乎可說是無法突破。

攤開地圖，盯著標示有記號的區塊，逆推前往那裡的通路。將路徑徹底刻進腦中後，我便獨自往深夜的幽暗森林走了進去。

經歷兩次無法閃避的戰鬥後，我毫無障礙地到達目標樅樹所在位置的前一個區塊。時間還剩三十分鐘以上。

接下來，將和可能會奪走我性命——機率恐怕還非常高的魔王怪物單打獨鬥，我的內心卻感受不到絲毫的恐懼感。或者該說，也許這正是我所期盼的情況。在為了讓幸復活的戰鬥中死去，可能是我唯一被允許的死法——

我並不是想要說出「我在尋找屬於自己的葬身之地」這種英雄式的台詞。害幸以及四名夥伴無意義地死去，這樣的我根本沒有資格追求自己死亡的意義。

這麼做到底有什麼意義?幸曾這樣問過我。而我則回答她，沒有任何意義。

如今，我終於能將那句話化為現實。在茅場晶彥這個瘋狂天才製作的無意義死亡遊戲ＳＡＯ中，幸毫無意義地死去。同樣的，我也將在沒有人會注意到的地方，不被人所記得，也不具任何意義地死去。

如果，我成功打倒魔王活了下來，那復活道具一定會從傳聞變成現實。我毫無根據地這麼想著。幸的魂魄將從黃泉路或冥河回來，到時我就能聽見她最後的那句話。總算——總算，讓我等到這一刻……

正當我準備踏出步伐走完最後幾十公尺時，突然感覺有數名玩家從背後的轉移點出現。我驚訝地退開，同時伸手握住背後的劍柄。

出現的是大約十人的集團，站在最前方的，是身穿武士輕鎧，腰間掛著長刀的頭巾男——克萊因。

公會風林火山的主要成員們各自帶著緊張的表情，往站在最後轉移點前面的我靠近。我直直凝視著克萊因的臉，擠出沙啞的聲音。

「……你跟蹤我嗎？」

克萊因一邊抓著用頭巾往後豎起的頭髮，一邊點點頭。

「是啊，我們這邊有追蹤技能的高手。」

「為什麼是我？」

「因為我買了你將所有樹的座標情報全買下的情報，結果為了小心起見而派去第四十九層轉移門站崗的人，卻看到你往沒有出現在情報中的樓層移動。我覺得你的戰鬥能力以及對遊戲的直覺真的很強，連在攻略組中都是最強的……甚至在那個希茲克利夫之上。所以啊……桐人，你可不能在這種地方死掉！」

將伸出的右手手指直直往我指了過來，克萊因喊著：

「放棄獨自攻略這種無謀的行為，跟我們組成合同隊伍。而復活道具就心甘情願由讓怪物掉出的人收下，這樣總可以吧！」

「……這樣的話……」

我已經無法再相信克萊因是因為把我當朋友、擔心我才說這些話了。

「這樣的話，根本就沒有意義……我必須獨自攻略……」

緊握住劍柄，我用因狂熱而意識不清的腦袋思考著。

——幹掉所有人吧。

過去，在這個死亡遊戲開始時，我拋下克萊因這個什麼都不懂的初學者，獨自前往下一個城鎮。我因為這件事後悔了很久，也打從心底為克萊因如此漂亮地活了下來鬆了口氣。

我這時認真地思考，就算要親手斬殺為數不多的朋友其中之一，墮落成紅色玩家也要達成目的嗎？內心微弱地喊著，這種事根本毫無意義，但另一道正期盼著自己無意義地死去的聲音，卻以壓倒性的音量吼了回去。

我確信如果稍稍將劍拔出來，從那一刻開始我將再也無法阻止自己。而克萊因則以悲傷的眼神看著右手不停顫抖，內心持續掙扎的我。

就在這個瞬間，區塊內出現了第三批侵入者。

而且這次的隊伍不只十個人，大略估計有剛才的三倍左右。我愕然看著那個大集團，對著同樣驚訝地轉過頭去的克萊因嘀咕著：

「看來你們也被跟蹤了，克萊因。」

「……啊啊，看來的確如此……」

在那個從大約五十公尺遠的區塊邊界，無言地看著風林火山和我的集團中，混著幾個最近常在螞蟻谷見到的人。站在克萊因身旁的風林火山劍士，靠到會長的臉旁低聲說道：

「那群人是『聖龍聯合』，是一群可以為了攻略特殊魔王變成橘色的傢伙。」

這個名稱我也時常聽見。他們的名號與血盟騎士團一樣響亮，是攻略組中最大的公會。雖然這群玩家各自的等級應該都在我之下，但我也沒有能戰勝那個人數的自信。

不過──結局應該都差不多吧？

我突然覺得，不論是遭魔王怪物殺害，還是被大公會給宰了，可能都是死得毫無價值。但至少都是比跟克萊因戰鬥要來得好的選擇吧？

我決定這次要拔出背上的劍。我已經懶得思考了。只要像個機械就好，專注於揮劍，將眼前的東西全都宰了，直到壞掉而停止。

但是，克萊因的叫聲卻讓我的手停了下來。

「可惡！這群混蛋！」

刀使比我先拔出了腰間的武器，背對著我發出怒吼。

「桐人，快點過去！這裡由我負責！你給我去打倒魔王！但是我不准你死！要是你敢死在我面前，我可不會原諒你啊！絕對不會原諒你！」

「…………」

已經沒剩多少時間了。我轉身背對克萊因，連聲謝謝都沒說就踏入最後的轉移點。

巨大的樅樹在記憶中的地點，以記憶中的彎曲模樣，靜靜地聳立在那裡。這幾乎沒有其他樹木的方形區塊佈滿了積雪而發出純白的光芒，看來彷彿是一片生命完全滅絕的平原。

視野角落的時鐘來到零點的瞬間，不知從何處傳來一陣鈴聲，我抬頭往樹梢頂端看去。

以漆黑的夜空，正確來說是以上層的底部為背景，兩條光線不斷延伸過來。仔細凝視之後，發現那似乎是某種奇形怪狀的怪物所拖著的巨大雪橇。

在抵達樅木正上方的同時，一個黑影從雪橇上飛落，我跟著後退了幾步。

大大地踢散雪花著地的，是個身高大約有我三倍左右的怪物。雖然還算是人類的外表，但手臂異常的長，因為身體前彎而幾乎快要摩擦到地面。小小的紅色眼睛，在異常凸出的額頭陰影下發著光芒。下半部的臉長滿了灰色的彎曲鬍鬚，長度甚至到下腹部附近。

古怪的是，這個怪物穿著紅白上衣，戴著同色的圓錐形帽子，右手持斧，左手則提著裝滿東西的大袋子。設計這傢伙的開發者，恐怕是想讓一大群玩家在看到這個惡搞聖誕老人醜陋版的魔王時，會感到既害怕又好笑吧。但是就獨自一人與「叛教徒尼可拉司」對峙的我而言，魔王的外表根本不重要。

尼可拉司應該是打算說出任務的台詞，而準備動起糾結的鬍鬚。

「囉唆！」

如此嘀咕的我拔出劍後，右腳用力往積雪一踢。

4

玩了超過一年的SAO，我的生命值首次進入紅色危險區域並停在那裡。

當被打倒的魔王爆散，只留下袋子時，我的道具欄中已經連一個回復水晶都不剩，從來不曾與死亡如此接近。但這樣千鈞一髮活下來的我，心裡卻沒有湧現任何歡喜與安心。反而只有類似失望的感覺。為什麼我活下來了？

在我緩慢地把劍收入鞘中的同時，殘留下來的袋子也化為光芒四散消失。魔王掉落的道具，應該全都收進我的視窗當中了。用力吐了一口氣，揮動顫抖的手叫出視窗。

新道具欄裡排列著多到令人厭煩的道具名稱。武器與防具、寶石類、水晶類，甚至還有食材，我慎重地捲動條列這各式東西的視窗，只尋找著一樣東西。

數秒鐘後，那個東西太過乾脆地映入我的眼簾。

它的名字是「還魂之聖晶石」。我的心臟劇烈跳動，那種感覺就像這幾天——這幾個月來完全麻痺了的一部分心臟，突然有血液流過一樣。

真的……真的能讓幸活過來嗎？這樣的話，啟太、鐵雄，還有至今在SAO內失去性命的玩家們的魂魄，其實都沒被消滅嗎……？

也許可以再一次見到幸。光是這樣想著，我的心就開始顫抖。不論會遭到什麼樣的話語咒罵，不論會因為說謊而受到多少責備，這一次我一定要用這雙手抱住她，直視那對黑色的眼睛，打從心底把話說出口。不是妳不會死，而是我會保護妳。就為了這一點，我一定會努力讓自己變得更強。

因為顫抖的手而數度操作失敗之後，我終於將還魂之聖晶石實體化。浮現在視窗上的，是個雞蛋大小、帶著七彩光芒美得無以復加的寶石。

「幸……幸……」

出聲呼喚著她的名字，我點了一下寶石，選擇自動選單上的說明，那裡顯示著用熟悉的字體標示的簡單解說。

【從該道具的自動選單中選擇使用，或者握在手上喊出「復活：玩家名稱」，只要是在對象玩家死亡，到該特效光完全消失的那段時間（大約十秒）內使用，就能讓對象玩家復活。】

大約十秒。

沒有什麼比這段像是刻意加上去的話語更加明確、冷酷地對我宣告死去的幸已經不會再回來的事實。

大約十秒。這是從玩家的生命值降到零，虛擬的身體開始四散，到NERvGear發出電磁波，將玩家現實的腦破壞掉為止的時間。

我不禁想像著，從幸的身體消失，到她的NERvGear在短短十秒後燒死主人的瞬間。幸應該很痛苦吧？在這十秒的時間裡，她都在想些什麼？對我百般的詛咒……？

「嗚啊啊……啊啊啊啊啊……」

我發出野獸般的叫聲。

抓住浮在視窗上的還魂之聖晶石，用盡力氣將它往雪地上砸。

「啊啊啊……啊啊啊啊啊啊！」

吼叫的同時，靴子也猛踩著寶石。但寶石只是不痛不癢地閃著光芒，別說破裂，甚至連一絲傷痕都沒有。我用盡全身的力量咆哮，將雙手插入地面，用指頭抓著積雪，最後邊滾邊持續吼叫。

毫無意義，一切都毫無意義。不論是幸在害怕、痛苦中死去，或是我挑戰聖誕魔王，不，在這個世界活著，在這裡囚禁了一萬人這件事也根本沒有意義。現在的我已經完全領悟到，只有這點才是唯一的真實。

不知持續了多久的時間，不管我怎麼呼喊，怎麼吼叫，都沒有任何想流淚的感覺。恐怕是因為我的虛擬身體沒有這種機能吧？終於，我疲憊地站起身來，撿起埋到雪中的聖晶石，往回去原本區塊的轉移點走了過去。

留在森林中的，只有克萊因跟風林火山的成員。聖龍聯合的成員身影已經完全消失了。我一邊制式化地確認克萊因等人的人數沒有減少，一邊往坐在地上的刀使走去。

看得出來只有克萊因一個人疲憊不堪的程度不亞於我。推測應該是跟聖龍聯合交涉，進行一對一的決鬥，但我的內心並沒有浮現任何感慨。

看著我走近的刀使瞬間鬆了口氣，表情也和緩下來。但在看到我的表情後，嘴角立刻僵硬住。

「……桐人……」

我將聖晶石往以沙啞聲音低語的克萊因膝蓋一放。

「這就是復活道具，但不能用在之前已經死去的人身上。你就拿去救下一個死在你面前的人吧。」

只說了這些話，我就準備往出口走去，但克萊因卻抓住了我的大衣。

「桐人……桐人……」

兩行眼淚劃過他那滿是鬍渣的臉頰，我感到意外地看著他。

「桐人……你……你要活下去啊……就算除了你以外的人全都死光了……你也要活到最後

一刻啊……」

我從邊哭邊重複說著活下去的克萊因手中，將大衣衣襬抽了出來。

「再見。」

只丟下這句話，就邁步往迷路森林外走去。

不知道是怎麼走回來的，等我回過神來，人已經回到了第四十九層的旅館房間。

時間是凌晨三點左右。

我思考著接下來該做什麼。這一個月來，作為我生存動力的復活道具雖然確實存在，卻不是我所追求的東西。為了得到那個，我成為執著於經驗值的蠢蛋，遭人譏笑，最後更失去了珍貴的友情。

持續考慮了一段時間，我決定天一亮就去與這一層樓的魔王戰鬥。如果贏了那傢伙，就立刻馬不停蹄地挑戰第五十層的頭目，接著再跟第五十一層的頭目戰鬥。

我已經想不到其他適合愚蠢小丑的結局了。做好決定後，心情也跟著放鬆，我就這樣坐在椅子上，什麼也不看、什麼也不想，等著早晨來臨。

從窗戶灑落的月光一點一點地改變位置，最後終於被稀薄的灰色曙光取代。雖然我不知道自己已經有幾個小時不曾睡過，但以跟在最惡劣的夜晚之後來臨的最後一個清晨來說，感覺還算不錯。

當牆上的時鐘指著七點，我正準備從椅子上起身的時候，陌生的鬧鈴聲傳進了我的耳朵。

環顧房內，找不到任何可能是音源的東西。總算在視野的角落，發現催促開啟主視窗的紫色記號正不斷閃爍，接著我揮動手指。

發出光芒的，是道具視窗中那個與幸之間的共同分頁。那裡收納了限時啟動道具。我困惑地捲動列表，找到了定時啟動的訊息錄音水晶。

我拿出水晶消除視窗，接著將它放到桌上。

點了點發出光芒的水晶後，就聽見屬於幸那令人懷念的聲音。

桐人，聖誕快樂。

當你聽到這段話的時候，我想我已經死了。因為如果我還活著，我打算在聖誕節前一天把這個水晶拿出來，親口對你說這些話。

那個……我先跟你說明，為什麼要錄下這段訊息吧。

我啊，應該，活不了太久。當然，我從來不覺得包括桐人在內的黑貓團實力不夠。因為桐人很強，其他的成員也越來越強。

該怎麼說明才好呢……這一陣子，在另一個公會，一直跟我很要好的朋友死了。她跟我一樣是個膽小鬼，所以只待在安全的地點狩獵，但還是因為運氣不好，在落單時遭怪物襲擊而死。從那之後，我思考了很多事情，最後終於想通了。為了在這個世界一直活下去，不論周圍的同伴多強，如果自己沒有活下去的意志、沒有絕對要活下去的心情也辦不到。

我啊，說實話，從第一次走到練功區就一直很害怕。其實根本就不想走出起始之城鎮。雖然跟黑貓團的大家在現實時就非常要好，大家在一起也很快樂，但我就是討厭出去戰鬥。一直抱著這種心情戰鬥，總有一天會死吧。這不是任何人造成的，是我自己的問題。

桐人從那個夜晚開始，每晚都對我說絕對沒問題、絕對不會死的。所以如果我死了，桐人一定會非常自責、不肯原諒自己吧。所以我才想錄下這段訊息。因為我想告訴桐人，不是你的錯。有問題的，是我自己。時間會設定在下一個聖誕節，是因為我想至少努力活到那時候。想跟你一起走在下雪的街道上。

其實……我知道桐人的實力有多強。因為當我在桐人床上醒來時，從後面瞄到了你開啟的視窗。

雖然努力思考過，但我還是不知道桐人隱瞞真正的等級跟我們一起戰鬥的理由。但是，想到你有一天可能會自己告訴我們，我就沒有對其他人提起了……在知道你非常厲害的時候，我非常的高興。知道這點以後，只要在你身邊，我就能安心地睡著。而且，搞不好對你來說，跟我在一起是件很重要的事，這也讓我覺得很高興。如果是這樣，像我這樣的膽小鬼硬是爬到上層來也就有意義了。

那個……其實啊，我想說的是，就算我死了，桐人也要努力活下去。活下去，看著這個世界直到最後，請幫我找出創造這個世界的意義，像我這樣的膽小鬼來到這個世界的意義，還有我跟你相遇所代表的意義。這就是我的願望。

呃……好像還剩下不少時間耶。這可以錄下好多東西喔。呃，那麼，既然是難得的聖誕節，我就來唱首歌吧。其實我對自己的歌喉還頗有自信的喔。就唱「紅鼻子麋鹿」吧。其實我還想唱些像是「Winter Wonderland」、「White Christmas」這類帥氣的歌曲，可惜我只記得這首歌的歌詞。

為什麼只記得「紅鼻子麋鹿」呢？在之前的夜晚，桐人曾對我說過，不管是誰，都一定能為別人做些什麼。即使是像我這樣的人，也會有待在這種地方的意義。在聽見這些話的時候，我非常高興，就想起了這首歌。不知為何，有種我是麋鹿而你是聖誕老公公的感覺……真要說的話，我覺得就像父親一樣。我的父親在我小時候就離家出走了，所以當我每晚睡在你身邊時，我都在想著，父親該不會就是這種感覺吧。呃，那麼，我要唱囉。

有著大紅色鼻子的　麋鹿先生
總是被大家　取笑著
但是　那一年的　聖誕節
聖誕老公公　這麼說了
在幽暗的夜路上　你那閃亮的　鼻子　非常的有用
總是在哭泣的　麋鹿先生　在這一晚　露出了笑容

……對我來說，你就像一直在黑暗道路的另一端照亮我的星星喔。桐人，再見囉。能與你相遇，待在你身邊，真的是太好了。

謝謝你。

再見。

（完）

後記

好久不見，或者該說初次見面，我是川原礫。非常感謝您閱讀《Sword Art Online刀劍神域2 艾恩葛朗特》。

在第一集出版後，我就收到非常多「這種結束方式到底要怎麼繼續啊？」的寶貴意見。再怎麼說遊戲都完全攻略了，世界也崩壞了，就連我自己在閱讀時，都覺得沒有任何可以接續下去的要素。

接著，傷腦筋的續集，也就是這本書。抱歉，時間回溯到過去了。而且還是短篇故事集。真的非常抱歉……

我過去也玩過幾種網路遊戲。但不論在哪一個遊戲裡，都不曾擠身頂尖集團中。只是過著光是羨慕那些擁有強大的稀有裝備與地位的人們，一個接一個輕鬆解決怪物然後覺得他們「好厲害！好強啊！」的日子（笑）。

因此，不只是第一集的主角桐人與亞絲娜那種「攻略組」＝頂尖玩家，我更想寫些關於普通中級玩家的故事，而這本第二集所收錄的四篇故事，正是這樣的內容。不論哪篇故事，基本上都是桐人先生登場並引起大騷動的結構，而覺得他「好厲害！好強啊！」的西莉卡與莉茲貝特的心情，正是身為ＭＭＯ玩家的我長年不斷感受到的東西。真的，一次就好，很想試試看向別人炫耀全伺服器只有三把的武器是什麼感覺。

另外，還有一個地方要向大家謝罪。雖然本書中四個故事的女主角都是不同的女性玩家，但與她們演對手戲的，就如同剛才所說，都是桐人先生。雖然關於這點我無法向大家解釋清楚，但就痛苦的辯解來說，請大家用閱讀偵探小說系列時，「雖然犯人與被害人一再改變，但偵探永遠是同一個人」的心情來看待……是，辦不到對吧，對不起，對不起。

最後，將不斷出現的女孩們描繪得既有個性又可愛的abec老師，以及對於奇怪複雜的遊戲系統設定不厭其煩，提供非常多點子的責任編輯三木先生，這次也受你們照顧了。

還有將本書閱讀到最後的你，真的非常感謝。

二〇〇九年五月二十六日　川原　礫

加速世界
03
Accel World

榮獲第15屆電擊小說大賞〈大賞〉作品第三集登場——！

川原 礫
插畫／HIMA

「遊戲結束了，有田學長……
不，應該叫你Silver Crow。」

與校內第一美少女黑雪公主的邂逅，讓少年春雪的人生有了一百八十度的轉變。

外型肥胖又被霸凌的他，現在變成保護公主的「超頻連線者」，
也逐漸成長為一名稱職的「騎士」。

季節來到春天。

升上二年級的春雪等人面前，出現了一名奇妙的新生。

這名新生可以不讓自己出現在「BRAIN BURST」的對戰名單上，
但在日常生活中卻又能巧妙地運用「BRAIN BURST」。

置於校內格差（School Caste）頂端支配大家的謎樣一年級生。

黑雪公主參加校外教學不在的期間，春雪想要揭露這名一年級生的真面目。

「Dusk Taker」。

這名一年級新生叫出了怪模怪樣的對戰虛擬角色，
以壓倒性的力量一步步從春雪身上奪走「最寶貴的東西」。

春雪再度陷入校內地位金字塔的最底層。

他究竟採取了什麼驚人的行動呢……！

期待已久的次世代青春娛樂小說續集!!

2010年年中預定發售!!!

特報!!

由川原礫＆abec聯手打造，在個人網站上閱覽次數超過650萬人次的傳說級小說第3彈!!舞台終於轉向現實世界!!
《Sword Art Online刀劍神域3》預計將在2010年發售!!

國家圖書館出版品預行編目資料

Sword Art Online刀劍神域 2 艾恩葛朗特 /
川原礫作；林星宇譯. —— 初版. —— 臺北市：
臺灣國際角川, 2009.12— 冊； 公分
——(Kadokawa fantastic novels) ——

譯自：ソードアート・オンライン 2
アインクラッド
ISBN 978-986-237-399-6（第1冊：平裝）
ISBN 978-986-237-586-0（第2冊：平裝）

861.57 98018654

Kadokawa
Fantastic
Novels

Sword Art Online刀劍神域 2
艾恩葛朗特

（原著名：ソードアート・オンライン 2　アインクラッド）

2010年4月28日　初版第1刷發行
2023年1月3日　初版第28刷發行

作　者：川原 礫
插　畫：abec
日版設計：BEE-PEE
譯　者：林星宇
發行人：岩崎剛人
總編輯：蔡佩芬
副總編輯：朱哲成
美術設計：李思穎
印　務：李明修（主任）、張加恩（主任）、張凱棋
發行所：台灣角川股份有限公司
地　址：104台北市中山區松江路223號3樓
電　話：（02）2515-3000
傳　真：（02）2515-0033
網　址：www.kadokawa.com.tw
劃撥帳戶：台灣角川股份有限公司
劃撥帳號：19487412
法律顧問：有澤法律事務所
製　版：尚騰印刷事業有限公司
ISBN：978-986-237-586-0